...das Schwarzwaldmädel, Försters Kind, Papas Prinzessin auf der Reise in die weite Welt...

Ihre packende Lebensgeschichte verrät die Autorin Maria Fischer auf den folgenden Seiten.

Viel Freude beim Lesen!

Foto: Kerstin Nolden, 2017

Kontakt: facebook-Seite „Oh, mein Gott!"

Oh, mein Gott!

Biografie von
Maria Fischer

Bibliografische Information der Deutschen Nationalbibliothek:

Die Deutsche Nationalbibliothek verzeichnet diese Publikation

in der Deutschen Nationalbiografie;

detaillierte bibliografische Daten sind im

Internet über http://dnb.dnb.de abrufbar.

Gestaltung und Satz: Felicitas D. Noorollah Zadeh
Co-Autorin/Ghostwriter: Felicitas D. Noorollah Zadeh
Cover: Dana Barthel, www.appel-art.de
Autorenbild: Kerstin Nolden

© 2017 Maria Fischer

Herstellung und Verlag

BoD – Books on Demand, Norderstedt

ISBN: 9783743142688

Vorwort

Über meine Cousine Maria wurde in unserer gutbürgerlichen Familie nur in Andeutungen gesprochen. Sie war immer unterwegs – sehr weit weg. Und wie das so ist, wenn jemand fort ist, war sie für mich eine geheimnisvolle, interessante Frau, die ich zu gerne kennengelernt hätte.

Absolut angenehm überrascht war ich, als sie bei einem Familientreffen plötzlich vor mir stand. In der Welt zu Hause, das Herz am rechten Fleck, umwerfend präsent, gradlinig, grundehrlich und direkt.

Eine Freundschaft ist entstanden, die ich nicht mehr missen möchte. Diese Biografie ist unser gemeinsames Werk. Maria, schön, dass es dich gibt!

Felicitas D. Noorollah Zadeh

Inhalt

1. Teil:

Unter der Fuchtel – mein Freiheitsdrang

Seite 7

2. Teil:

Die große Freiheit – ich gehe mit Gott

Seite 77

1. Teil „Unter der Fuchtel" – mein Freiheitsdrang

Oh mein Gott, es kann kaum schlimmer kommen! Da sitze ich nun in Amsterdam im Fenster und biete meinen Körper an. Mein Mann auf der anderen Straßenseite gibt mir Zeichen, ich solle meinen Pullover nicht über die Knie ziehen. So muss also die Hölle sein! Ich erwarte nichts mehr vom Leben. Vollgepumpt mit Drogen und Whisky warte ich auf einen Kunden. Aber lass mich mal von vorne anfangen...

Episoden aus meiner Kindheit

Meine Mutter ist mit achtzehn Jahren unschuldig in die Ehe gegangen. Sehr bald hat sie drei Söhne geboren: Michael, Martin und Hubert. Nach fünf Jahren Pause kam ich im Freiburger Marienkrankenhaus zur Welt und nochmal fünf Jahre später das Franzele. Viel weiß ich nicht von ihm; er ist am Plötzlichen Kindstod gestorben und war dann einfach nicht mehr da...

Im Forsthaus in der Freiburger Wintererstraße war es sehr gemütlich. Wir hatten ordentlich Platz im Haus, im Garten und im angrenzenden Wald, und den nutzten wir mit Vergnügen.

Mein Vater Rupert Fischer war erst Jäger, dann Förster, Oberförster und schließlich Forstamtmann.

Ich war Papas Prinzessin, fühlte mich von ihm geliebt und bei ihm geborgen. Zu meiner Mutter hatte ich ein eher kühles Verhältnis. Ganz früh lernte ich, wie ich meinen Papa um den Finger wickeln konnte. Als kleiner Knopf lief ich in den Ort, um im Krämerladen Opitz in Herdern Süßigkeiten zu holen. Zum Beispiel Lakritzstangen für 2 Pfennige das Stück. Geld brauchte ich keins. Ich hatte herausgefunden, dass ich die Süßigkeiten mitnehmen durfte, wenn ich sagte: „Forstamtmann Fischer zahlt." Einmal monatlich präsentierte Opitz meinem Papa dann die Rechnung. Irgendwann langte es ihm, und er bat den Ladenbesitzer: „bitte geben Sie dem Kind nichts mehr."

✳

Papa nannte mich Moggele. Das bedeutet so viel wie Bonbon. Oft gingen wir auf die Jagd oder streiften zusammen durch den Wald. Wir pirschten uns ganz nah ans Rotwild oder warteten geduldig auf dem Hochstand, bis die Rudel vorbeizogen. Papa wusste natürlich alle Baumnamen, konnte jedes Zwitschern, jeden Gesang dem Vogel zuordnen, lehrte mich die Namen von Gräsern, Pilzen und anderen Pflanzen, die Eigenheiten der Schmetterlinge und der vielen interessanten Wesen, die der Wald zu bieten hat.

Sein Bruder, der Bildhauer Alfons Fischer, hat den Rupert-Fischer-Brunnen gefertigt, der noch heute dort steht, wo einst mein Elternhaus war. Der Brunnen ist auf jeder Karte verzeichnet, die Touristen in Freiburg kaufen können.

Unser Garten war ein wildes, fruchtbares Paradies. Es gab alle Früchte, die man sich vorstellen kann: Beeren, Äpfel, Pflaumen, hell und dunkel, viele Gemüsesorten und Kräuter. Wir hielten Hühner und Gänse, konnten uns mit Eiern und Geflügelfleisch versorgen. Mutter hat nur Joghurt für ihre Diät und Reis gekauft. Alles andere war aus Eigenanbau und selbst gemacht.

✻

Wenn ein Mädchen mit größeren Brüdern aufwächst, lernt sie entweder, sich durchzusetzen, oder sie geht unter. Ich machte jeden Streich mit und übertrieb ihn in der Regel noch. Außerdem war ich waghalsig und wenn es darum ging, Wettbewerbe auszutragen, interessierte ich mich nicht besonders für Einzelheiten.

Auf einem sehr steilen Hang hinter dem Haus sind wir Schlitten gefahren. Voller Energie zog ich den Schlitten den Berg rauf. Kaum saß ich, da raste ich schon den Steilhang runter. Dummerweise hatte ich meine Brüder nicht gefragt, wie man bremst. Also bin ich über die Straße gesaust und mit aller Wucht an einen Steinpfosten, der einen Gartenzaun abgrenzte. Ich bin ja unverwüstlich, aber den Schlag hab ich in Erinnerung behalten, und ich hab bei dem Aufprall die ersten Zähne verloren.

Wir hatten ein jüdisches Hausmädchen, Hella. Oma hatte sie mit vielen anderen in im Waldgasthaus St. Ottilien vor den Nazis und vor den Franzosen versteckt. Damals hatte sie veranlasst, dass die Waldarbeiter Bäume fällen, die sie quer über die Straße legten, damit die Verfolger keine Lust mehr hatten, die vielen Hindernisse zu überwinden. Aus Dank hat Hella uns eine junge Gazelle geschenkt. Sie war noch sehr klein, und ich habe sie mit Milch großgezogen. Damit das springfreudige Tier nicht davonlief, mussten wir einen zwei Meter hohen Zaun bauen.

Einmal ist eine Maus vom Hausdach gefallen. Ich habe sie gefangen, gewaschen, ihr Puppenkleider angezogen und sie in den Puppenwagen verfrachtet. Mein Bruder Michael hat die Maus einfach gepackt, sie auf den Boden gelegt und einen großen Stein darauf gedrückt. Ich bin nicht nachtragend, aber wegen dieser Sache war ich sehr lange sauer auf ihn.

Wenn wir Räuber und Gendarm gespielt haben, hat uns Mutter ein Tablett voll mit leckeren Marmeladenbroten gebracht. Was für ein Genuss, dieses selbstgebackene Brot und die selbst gekochte Marmelade zu essen! Ja, wenn man sich so erinnert, sieht es wirklich so aus, als seien wir in einer heilen Welt aufgewachsen.

✯

Meine erste Erfahrung, die mich tief erschüttert hat, war, als ich ungefähr sechs Jahre alt war. Mein Vater hatte Waldarbeiter eingestellt, die für die Baumschule zuständig waren. Wenn sie Pause hatten, hat einer der Männer mich zur Gruppe gelockt, hat mich auf den Tisch gesetzt und mir ein leckeres Wurstbrot gegeben. Dann hat er meinen Rock hochgezogen und hat mich an den Beinen und im Schritt gestreichelt und geleckt – zur Belustigung der anderen. Ich habe gespürt, dass das unnatürlich war. Ich fand es so eklig und habe mich geschämt, aber damals habe ich mich nicht getraut, etwas zu sagen. Glücklicherweise hat mein Vater das zufällig mal gesehen, und er hat die Leute auf der Stelle entlassen. Wäre mein Papa nicht so ein gottesfürchtiger Mann gewesen, hätte er bestimmt sein Gewehr geholt und den Mann erschossen, so wütend sah er aus!

✻

Unser erster Fernseher war die Familien-Attraktion! Allerdings durften wir nur abends die Nachrichten anschauen und mussten dann ins Bett. Wenn wir Kindersendungen oder schöne Serien anschauen wollten, haben wir uns Süßigkeiten geholt und sind zum Fernsehen zu den Nachbarn gegangen. Doof war nur, wenn unser Stamm-Nachbar nicht da war. Dann mussten wir unser Glück an anderen Türen versuchen.

Nach dem Mittagessen legten sich unsere Eltern zum wohlverdienten Mittagsschlaf hin. Währenddessen hatte immer einer von uns den Spüldienst, der andere trocknete ab und wieder ein anderer räumte das Geschirr in Schränke und Schubladen. Das war gut organisiert, aber einmal wollten alle den Abwasch machen und niemand die anderen Aufgaben. Ich war körperlich zu klein, um mich gegen meine großen Brüder durchzusetzen. Also schmetterte ich vor Wut einen Mörser in das Küchenfenster.

Hubert, der schon immer sehr lösungsorientiert und verantwortungsvoll war, hat sofort den Rahmen ausgebaut und ihn in den Hühnerhof gestellt. Ich sollte das restliche Glas vom Rahmen lösen.

Allerdings habe ich nicht darauf geachtet, dass überall Glas verstreut lag. Wie es so kommen sollte, lag eine große Scherbe zwischen meinen Füßen, und dann passierte es: ich habe mir mit dem linken Fuss die Scherbe voll in den rechten Fuß gestoßen. Ich hab geschrien wie am Spieß, so dass Papa aus dem Schlaf gerissen wurde.

Das Blut hat gespritzt, und Papa hat mir den Fuß ganz schnell verbunden. Dann ist er mit mir ins Krankenhaus gefahren. Da war was los! Die Arterie und die Sehne vom großen Zeh waren durch. Na ja, wenn ich Mist mache, dann aber richtig! Die Narbe und der steife Zeh erinnern mich heute noch daran!

✶

Bella war unser Jagdhund. An einem heißen, unerträglich schwülen Tag hat sie mich durch den Wald begleitet. Plötzlich hat sie wie verrückt gezogen und hat mich schneller als je zuvor nach Hause gebracht. Kaum war ich in Sicherheit, ist ein höllisches Gewitter losgegangen, bei dem viele Bäume umgestürzt sind. Als ich das Chaos durchs Fenster beobachtete wurde mir klar, dass sie mir das Leben gerettet hat.

Als Papa in den Innendienst versetzt wurde, hat er Bella weggegeben. Mir hat man gesagt, sie sei in Ferien. Ich habe sie nie wieder gesehen.

Nein Moggele, noch nicht, aber bald

Mama hat ihren Brustkrebs besiegt. Fünf Jahre später die niederschmetternde Diagnose: Gebärmutterkrebs! Als sie im Dezember gestorben ist, war es keine größere Katastrophe für mich. Ich hatte ja noch meinen geliebten Papa.

„Papa, bin ich jetzt ein Waisenkind?", habe ich ihn gefragt.
„Nein Moggele, noch nicht, aber bald."
Damals war mir nicht klar, wie bald er von mir gehen würde. Ich hielt ihn für unsterblich, auch wenn er schon damals schwerkrank war. Aber ihn zu verlieren, das konnte ich mir nicht vorstellen.

Umso mehr Gedanken machte sich Papa über meine Zukunft. Er wollte mich gut aufgehoben wissen, wenn er nicht mehr war. Nach dem Tod meiner Mutter meldete er mich im Internat an, im Franziskanerkloster Bonlanden bei Biberach an der Riss.

Rebellion

Ein neuer Lebensabschnitt begann. Ich wehrte mich mit Händen und Füßen dagegen. Ein junger Mensch mit unbezähmbarem Freiheitsdrang. Alles war nur ein „Muss!" Jeden Morgen musste ich in die Kirche, musste beten, musste an Gott glauben, musste mich wie ein anständiges Mädchen benehmen und so weiter.

Um hier rauszufliegen, musste ich drei böse Dinge tun – für mich die leichteste Übung. Dumm war nur: Papa hatte vorgesorgt und für drei Jahre im voraus bezahlt. Also blickten die gestrengen Schwestern milde aufs Mariechen und bewachten sie besonders gut.
Ich war in der Falle. Je fürsorglicher mich die schwesterlichen Arme umklammerten, desto panischer wurde ich. Mehrmals bin ich ausgerissen – und wieder eingefangen worden. Dann hab ich auf dem Klo geraucht, aber auch das wurde mir vergeben. Lauter schlimme Sachen, aber keine führte zum ersehnten Rausschmiss.

Also wurde ich Stammkundin bei einem Zahnarzt in Biberach. Ich hatte höllische Angst vor den Terminen – und trotzdem war jeder einzelne ein Highlight. Zwar wurde ich hingebracht und abgeholt, aber der Geruch der Stadt, die Menschen, Autos, der Hauch von Freiheit und Leben war jedes Opfer wert. Abends war es wieder still um mich. Katholische, meditative Ruhe im Internat für Höhere Töchter.

Ihre ersten Ferien mit ihrem geliebten Papa genoss Prinzessin Maria zunächst unbeschwert. Ich sonnte mich in seiner liebevollen, uneingeschränkten Zuwendung. Mein Temperament und meine hohen Ansprüche müssen ihn in seinem Zustand viel Kraft gekostet haben. Gleichzeitig richtete ihn die gemeinsame Zeit auf.

Mein Vater litt unter dem von-Hippel-Lindau-Syndrom, einer Erbkrankheit, an der schon Opa gestorben war. Nachdem Papa an einem Hirntumor operiert worden war, musste ihm eine Niere entfernt werden. Als die Sommerferien zu Ende waren und ich ins Internat zurück musste, wurde mir plötzlich klar, wie schlimm es um ihn stand.

✻

Kaum drei Monate später sitze ich wieder im Zug nach Freiburg. Ich habe Angst. Papa ist im Krankenhaus. Seine zweite Niere ist jetzt auch befallen, und er wird zusehends schwächer. Die Ärzte sagen, es geht zu Ende. Trostlos jagt die graue Landschaft an mir vorbei. Unaufhaltsam wie das Schicksal. Der Regen peitscht an die Fenster. Es ist kalt, zugig.

✻

„Moggele...", Papa lächelt schwach und richtet sich auf. Zärtlich streichle ich über sein Gesicht, gebe ihm einen Kuss auf die Stirn. Mein Herz blutet, wenn ich ihn so sehe. Im reinweißen Bett, das kaum blasser ist als er selbst. Ich weiß, dass es diesmal ein Abschied für immer ist.

Mein Elternhaus ist leer, fremd, beklemmend. Papas Zustand ist unverändert, und ich muss zurück nach Biberach.

Mein allerschlimmster Verlust

„Nein!" Ich kann es nicht fassen. Alles ist nur noch schlimm. Ich starre die Oberin an. Das Gebetsbildchen in ihrer Hand. Ein Stück Papier, mit dem sie mich trösten will.
„Mariechen..."
Ich habe keine Worte. Trauer, unbändige Wut, Schmerz, der mein Herz zerreißen will. Die unbeholfene Oberin. Selbstvorwürfe. Warum war ich nicht noch die paar Stunden bei Papa geblieben? Ich will weg, alleine sein – nein, ich will zu Papa...

✸

Beerdigung in Freiburg. Ich weiß nicht, wie ich hier her gekommen bin. Wie ein Albtraum verfolgt mich die schreckliche Stunde nach meiner Ankunft in Biberach. Man hatte mich vom Bahnhof abgeholt und ziemlich wortkarg direkt ins Büro der Oberin gebracht.

Gehorsam hatte ich mich gesetzt, und sie hat mir ein Gebetsbildchen gezeigt, auf dem eine Hand abgebildet war.
„Das ist Gottes Hand", hat sie gesagt. „Er ist unser

Heiland. Du musst immer wissen, dass das dein Papa ist, der dich fest hält in deinem Leben."
„Ich habe einen Papa, und ich komme gerade von ihm."
„Nein, dein Papa ist eben gestorben. Du musst zurück nach Freiburg fahren."

✹

Alle reden von Gott. Einem liebevollen, gütigen Vater, der immer unser Bestes will. Ich weine, schreie. Mein Inneres ist eiskalt und gleichzeitig brennt der Schmerz unerträglich! Ich kann Gott nicht spüren, nicht seine Liebe, von der dort vorne der Pfarrer predigt. Gott ist kein Ersatz für Papa. Niemals!

Onkel Robert war der letzte, der mit Papa gesprochen hat. Genau so ungeschickt wie alle anderen versucht er mich zu trösten.
„Papas letzte Worte waren für dich. Ich soll dich grüßen und gut auf sein Moggele aufpassen. Jetzt werd' halt *ich* dich Moggele nennen."

Das war zu viel für mich. Ich hab ihn geschlagen und angeschrien: „dieses Wort ist für mich gestorben! Lass mich in Ruhe, lasst mich alle in Ruhe!!!"

✹

Papas Liebe war nicht mehr. Mit seinem Tod ist ein großer Teil von mir gestorben. Zerbrochen. Für immer weg. Ich habe alles verloren, was mir lieb war: meinen Papa, mein Zuhause, meine heile Welt, meine schöne Jugend, Papas starken Schutz, meinen Hund... In dieser Zeit habe ich „zugemacht". In offener Rebellion gegen den Rest der Welt.

Als dann noch mein Elternhaus, mein geliebtes Forsthaus, wegrationalisiert und abgerissen wurde, verschloss ich mein Herz ganz. Die schönen Erinnerungen kann mir keiner nehmen, aber niemand durfte mir in Zukunft zu nahe kommen. Mit fünfzehn Jahren sah ich nur noch das Negative. Zwei Jahre musste ich noch im Internat aushalten, dann kam ich wieder zurück nach Freiburg.

Zucht und Ordnung

Unsere Großeltern hatten uns aufgenommen. Zwei disziplinierte Menschen mit ausgeprägtem Kontrollzwang. Besonders Oma. Als Mädchen, und dazu noch ein widerspenstiges, stellte ich von vorn herein ein erhöhtes Sicherheitsrisiko dar. Damit ich ihnen keine Schande machte, war mein Tag minutiös organisiert. Ständig war ich rechenschaftspflichtig. Jeder Weg, jeder Termin, jede Busfahrt wurde sorgfältig dokumentiert, und sollte ich mich auch nur ein paar Minuten verspäten, war der Teufel los.

Sie lebten in gehobenem Wohlstand. Ihnen gehörten das Gelände am Sandfang, die Waldgaststätte in St. Ottilien mit einem großen Grundstück, das Areal des heutigen Strandbads und das Haus, in dem wir von nun an wohnten. Im dritten Stock hatten wir Geschwister eine gemeinsame Wohnung.

Ich bekam ein kleines Zimmer, die ehemalige Küche.

✼

Nachdem ich die Zeit im Internat mehr oder weniger unbeschadet überstanden hatte, sollte ich was Anständiges lernen. Wie langweilig! Mich hat keiner gefragt, was ich gerne machen wollte. Keinen interessierte es, meine Talente und Stärken zu entdecken. Ich sollte was schaffen, damit ich gefordert war und nicht auf dumme Gedanken kam. Für sie war es wichtig, dass ich nach der Lehre ein Papier in der Tasche hatte. Ich hatte einen Hauptschulabschluss und eine hauswirtschaftliche Ausbildung mit Handelsschule. Ein gutes Fundament für einen soliden Beruf.

„ohn-mächtig"

Drei Jahre lernte ich in der Konditorei bei meinem Onkel Robert Schmidt hinterm Freiburger Hauptbahnhof. Oma hat jede meiner Bewegungen kontrolliert, was mir die Luft zum Atmen nahm. Die Arbeit war sehr anstrengend und der ständige Druck, nach Dienstschluss sofort nach Hause zu müssen, war kaum auszuhalten.

Beim Kaffeeservieren kippte ich das erste Mal um. Aus heiterem Himmel. Im Krankenhaus wachte ich wieder auf. Die Ärzte haben ein Blutgerinnsel gefunden, das man nach ihrer Aussage nicht behandeln konnte. Je größer die Kontrolle von außen wurde, desto weniger hatte ich mein eigenes Leben, meine Gesundheit im Griff. Ich war im wahrsten Sinn des Wortes „ohn-mächtig". Das Gefühl, in ein tiefes Loch zu fallen, bedrängte mich immer öfter. Die Ohnmachtsanfälle dauerten immer länger. Fünf bis zehn Minuten waren mittlerweile „normal".

Niemand kannte die Ursache, und beeinflussen ließ sich das schon gar nicht. Einmal bin ich sogar vor die Straßenbahn gefallen, die gerade noch bremsen konnte! Es war richtig gefährlich.

Als die Schulmediziner nicht mehr weiter wussten, wurde ich für drei Monate in die Psychiatrie eingewiesen. Ich weiß noch genau, wie wir dort im Fernsehen die Übertragung der ersten Mondlandung angeschaut haben.

❋

Ferien am Bodensee. Ich war ein kleines Stück rausgeschwommen, als ich wieder bewusstlos wurde. Ein junges Mädchen war mein rettender Engel. Sie hat mich über Wasser gehalten und an Land gebracht. Später hat sie dafür von der DLRG eine Medaille bekommen.

Das beste aber war, dass die Eltern des Mädchens eine Frau kannten, die Heilerin in Dornbirn, Vorarlberg hinter Bregenz war. Sie versicherten mir, dass das keine esoterische Zauberei war und dass die Heilerin bereits vielen Menschen geholfen hatte.

Für mich war das aus vielerlei Gründen interessant. Noch hatte ich Hoffnung, dass die Ursache meiner Bewusstlosigkeit erkannt und beseitigt würde. Aber ich hatte kein Geld. Gegen heftige Widerstände von zu Hause zog ich nach Dornbirn. Drei Monate lang habe ich im Haushalt einer Bäckerei in Dornbirn gearbeitet und so lange gespart, bis ich die Behandlung bezahlen konnte.

Und tatsächlich: die Heilerin hat mich mit ihren Händen 30 Minuten lang mit fünf Zentimetern Abstand zum Körper energetisch „bestrahlt". Sie sagte mir, dass ich an Jesus denken sollte. Ich wurde sehr ruhig. Nach ungefähr zehn Behandlungen bin ich nicht mehr umgekippt.

❋

Mit achtzehn Jahren konnte ich ein neues Leben beginnen! Ich war so dankbar – und auch etwas stolz auf mich, weil ich meinen Plan verwirklicht hatte. Weil das bockige, widerspenstige Mädchen endlich mal was richtig Wirkungsvolles getan und ihr Ziel erreicht hatte.

Aber bald hatte mich der Alltag wieder. Was nicht heißt, dass ich meine Träume vergaß. Die Sehnsucht nach schönen jungen Männern, einer heilen Welt, Freiheit, Reichtum und romantischen Gefühlen.

Wie ich meine Unschuld verlor

Auf meinem Weg von der Arbeit fuhr meine Straßenbahn jeden Tag an einem Kino vorbei. Zu schnell flogen die bunten Bilder im Schaukasten dahin. Wie gerne hätte ich sie mir mal in Ruhe aus der Nähe angesehen!

Und dann traf ich eine verhängnisvolle Entscheidung. Oma hatte es gewusst. Mit ihrer ständigen Angst, der Disziplin und den komplizierten Berechnungen meiner Arbeitswege hatte sie recht gehabt. Die Welt ist böse. Man darf niemandem trauen, sonst hat man ein Messer im Rücken, bevor man „pieps" machen kann.

Nachdem ich verbotenerweise vor dem Kino aus der Straßenbahn ausgestiegen und kaum zwanzig Schritte gegangen war, hielt ein Auto mit zwei dunkelhaarigen Männern neben mir. Sie fragten mich nach einer bestimmten Adresse. Ich versuchte, ihnen zu beschreiben, wohin sie sollten, als plötzlich einer, der offensichtlich vorher ausgestiegen war, mich packte. Blitzschnell warf er mich auf den Hintersitz und hielt mich dort fest. Das Auto raste durch Freiburg in einen sehr schäbigen Außenbezirk. In einem Raum der nur mit drei Schränken drei Betten, einem Tisch und Stühlen eingerichtet war, warfen sie mich auf ein Bett und meinten „Zieh Dich schon mal aus!"

Da kauerte ich jetzt in Todesangst und zitternd auf dem Bett und sah den Männern zu, wie sie mit großen Messern an ihrem Brot herum schnitten. Aus der Traum von der weiten schönen Welt, warten auf den Tod! Ich hatte keine Ahnung wie ich da rauskommen sollte.

Als sie fertig waren mit essen, saß ich immer noch unter Schock angezogen auf dem Bett. Einer von ihnen zerschnitt mir mit dem Messer die Kleider und riss sie mir vom Körper. Mit Fausstschlägen ins Gesicht und auf den Körper machte er mich gefügig. Dann sah ich überall Blut an meinem Körper kleben. Natürlich war ich nicht aufgeklärt, und so dachte ich: »jetzt sterbe ich gleich!« Als der erste von mir abließ, kam der zweite. Die Schmerzen von den Fausthieben, Angst und Ekel ließen mich schließlich ohnmächtig werden. Nachdem sie fertig waren, haben sie mich im Wald ausgesetzt. Wahrscheinlich dachten sie, ich würde von alleine sterben. Spaziergänger haben mich völlig verwirrt gefunden.

Das erste, was ich im Krankenhaus sah, war meine Oma, die an meinem Bett saß und mir bittere Vorwürfe machte. Ich schloss die Augen. Keinen interessierten meine Schmerzen oder wie es mir ging. Stattdessen war ich der Schandfleck der Familie. Aus ihrer Sicht war das nur gerecht: ich war ungehorsam gewesen, und hatte die Strafe verdient.

Mein Leiden war ein ganz anderes: nach allen schmerzlichen Verlusten hatte ich mein Grundvertrauen komplett verloren, und das war schlimmer als alles andere.

Endlich frei – dachte ich...

Meine Oma hat mich aus dem Haus geworfen, weil ich in ihrem Haus, ihrem Revier, geraucht habe. Das hatte ich bis ins Detail geplant. Zuerst hab ich in aller Ruhe eine Wohnung gesucht. An dem Tag, an dem ich den Vertrag unterschrieben habe, hab ich mir zu Hause eine Zigarette angezündet. Oma ist konsequent. Sie kennt kein Pardon. Ohne zu zögern hat sie mich rausgeworfen. Mein Gepäck war schon bereit. Ohne mit der Wimper zu zucken bin ich in meine neue Wohnung gezogen.

Freiheit – das ist mein großer Drang! Keine Kontrolle, keine Vorschriften mehr! Die Kraft, die ich bisher in Rebellion investiert habe, steht mir jetzt für meinen persönlichen Fortschritt zur Verfügung. Ich kann mein Glück kaum fassen! Die Unterdrückung hat ein Ende, ich kann mich endlich entfalten, wohin ich will.

Nach der Lehrzeit wollte ich was Neues erleben, die Welt sehen. Bei Aldi in Donaueschingen bekam ich meine erste Stelle als Kassiererin. Ich war immer sehr fröhlich bei der Arbeit, und es machte mir riesigen Spaß. Die Kunden waren freundlich, und es war eine schöne Atmosphäre.

Bereits nach drei Monaten ist der Filialleitung aufgefallen, dass wir plötzlich ganz enorme Umsätze machten, und ich wurde erste Kassiererin. Das stärkte mein Ego gewaltig. Auch dass ich endlich eine eigene Wohnung hatte, weit weg vom Kontrollbereich meiner Familie.

Bald darauf ertappte ich Diebe auf frischer Tat und bekam dafür fünf Mark.

✷

Nach einer Blinddarmoperation war ich drei Wochen krank geschrieben. Ich nutzte die Zeit für eine Spritztour nach Hamburg. Was für eine Stadt! Alles war so groß und überwältigend: der Hafen, die Schiffe, das Tor der Welt, eine neue Dimension der Freiheit!

Eine Woche lang war ich Gast im Hotel Popp in der Kirchenallee. Das war für mich mal was ganz Neues. Wenn man vom Schwarzwald kommt, ist Hamburg doch sehr gewaltig. Die Großstadt machte mich richtig an. Ich schlenderte durch die Innenstadt und hörte nicht mehr auf zu staunen: die Geschäfte, Restaurants und Bars, Menschen aller Nationen kannst du hier finden, und die Sprachen erst! Oh mein Gott, war das aufregend!

Ich hatte so viel zu sehen, dass die Zeit einfach zu schnell vorbei ging. Als ich müde im Hotel ankam und mir eine Pizza bestellt hatte, lernte ich Aldo kennen. Er war Kellner und hatte schon ein Auge auf mich geworfen, als ich ankam. Ich hatte ihn ignoriert, weil ich immer noch die Nase voll hatte von meinem letzten Kontakt mit Männern.

Aber Aldo war eigentlich ein ganz feiner und sah

auch noch gut aus! Er hatte sich in mich verliebt. Ich muss dazu sagen dass ich sehr gut aussah. Ich war schon eine Augenweide für die Männerwelt, noch dazu für Südländer: nicht zu dünn und nicht zu dick, lange, blonde Lockenmähne... Aldo bat mich, in Hamburg zu bleiben.

Noch hatte ich nicht den Mut, diesen Schritt zu wagen, aber um ihn nicht vor den Kopf zu stoßen sagte ich: „gib mir etwas Zeit, ich komme bestimmt mal wieder nach Hamburg."

Wieder zurück in Schwenningen und mit den positiven Erfahrungen, die ich in Hamburg erlebt hatte, stürzte ich mich in meine Arbeit, genoss mein junges Leben und meine kleine Wohnung so richtig. Jetzt konnte es nur noch gut werden!

Zwischenzeitlich hatte ich auch mein Erbe erhalten und brauchte unbedingt ein Auto! Ich erfüllte mir einen Herzenswunsch und kaufte mir einen zitronengelben BMW Cabrio 1802. Oh, mein Gott, war der schön und schnell! Nach der Arbeit bei Aldi genoss ich meine Freiheit, indem ich über Land fuhr. Durch Dörfer, Wiesen und Wälder – manchmal etwas zu rasant – und spürte den Wind in meinen Haaren.

✳

Abends besuchte ich mit einer Freundin ein schickes Tanzlokal und wir schlürften unsere Limo. Der Geschäftsführer fragte, ob alles okay war und kurze Zeit später fragte er mich, ob ich tanzen möchte. Ja klar! Ich hatte ihn schon beobachtet und wusste, dass er gut tanzen konnte. Was ich zu dieser Zeit noch nicht wusste: dieser Kontakt würde mir zum Verhängnis werden!

Okay, wir tanzten bis in die Morgenstunden, und das wiederholte sich wöchentlich. Wir verliebten uns, und kurze Zeit später machte mir Jose einen Heiratsantrag mit einem sehr schönen Diamanten. Ich hatte da schon ein ungutes Gefühl, aber er war ja so ein feiner reifer Mann – wohl bemerkt: elf Jahre älter – dass ich mich überreden ließ.

Kurze Zeit später fuhren wir in seine Heimat nach Italien, natürlich mit meinem BMW. Ich fuhr, da er keine Fahrerlaubnis hatte. Wir hörten meine Lieblings-Kassette Simon & Karfunkel. Ich fühlte mich herrlich leicht und frei, und ich fuhr ohne Pause bis Napoli.

Jose schlief die meiste Zeit. Kurz vor seinem Dorf sagte er zu mir: ach Schatz, du musst ja todmüde sein! Lass mich jetzt fahren. Er übernahm das Lenkrad und fuhr ganz stolz ins Dorf, als ob er die ganze Strecke gefahren sei!

So, nun hatte ich mal die Gelegenheit, eine italienische Familie kennenzulernen. Sie schrien sich an, und ich dachte, die prügeln sich gleich, aber das war ein ganz normales Gespräch. Wir blieben da ein paar Wochen und ich entdeckte mein Sprachtalent: ziemlich schnell konnte ich verstehen und mich sogar auch etwas unterhalten. Leider war es mir verboten, alleine ins Dorf oder in die nächste Stadt zu gehen. Wenn er keine Zeit hatte, begleitete mich seine Schwester. Wieder fühlte ich mich kontrolliert. Außerdem hatte ich Heimweh.

✳

Als wir zurück nach Schwenningen kamen, hatte meine „Große Freiheit" ein jähes Ende.

Jose zog in meine Wohnung ein und wir arbeiteten zusammen in einer Pizzeria, die einem Freund gehörte. Jose machte Pizza und ich bediente die Gäste. Und der Chef? Naja, der zählte das Geld.

Bald schon merkte ich, dass ich schon wieder unter ständiger Kontrolle lebte. Jose war füchterlich eifersüchtig und sehr jähzornig, wenn nicht alles nach seinem Kopf ging. Tag und Nacht waren wir zusammen, und wenn er abends mal weg ging, hat er mich eingeschlossen, damit ich mich nicht mit meiner Freundin treffen konnte. Leider ist diese Freundschaft im Laufe der Zeit eingeschlafen, weil ich nie Zeit hatte für sie.

Selbst beim Bedienen hat mich Jose beobachtet, damit ich mich nicht zu lange mit den Gästen unterhielt. Sobald wir abends zu Hause waren, musste ich ihm schnell sein Steak anbraten, und wehe, es war nicht so wie er das wollte! In dem Fall habe ich das Steak mitsamt der Pfanne über den Kopf bekommen! Zu spät habe ich bemerkt, dass er ein Sadist war und erst zu seinem Höhepunkt kam, wenn mir vor Schmerzen die Tränen kamen. Da habe ich gelernt, zu weinen, damit er aufhört!

Wenn ich heute zurückdenke, hat er mich wie eine Sklavin gehalten. Er hat mich vergewaltigt, wann immer er wollte, und ich konnte nichts dagegen tun. Wenn ich auch nur versucht habe, mich zu wehren, hat er mich geschlagen. In diesem Jahr wurde ich zweimal ins Krankenhaus gebracht. Die Ärzte wunderten sich, warum ich so tolpatschig im Haushalt war und immer die Treppen runterfiel.

Schon allein die Drohung, dass er mich umbringt, wenn ich den Versuch machte abzuhauen, hat mir Angst gemacht. So hielt ich es eine Zeitlang aus. Einen Teil des Trinkgeldes versteckte ich unter meiner Matratze ... man weiß ja nie, wofür das gut ist.

✳

So konnte es nicht weitergehen, und ich plante meinen Ausbruch aus der Gefangenschaft. Zu groß war mein Freiheitsdrang. Fleißig sammelte ich mein Trinkgeld und wartete einen guten Moment ab, um zu fliehen.

Eines Tages war es soweit. Ich täuschte Unterleibsschmerzen vor und durfte zu Hause bleiben. Da ich sagte, ich müsse zum Arzt, hat er mir den Schlüssel gelassen. Kaum war er aus dem Haus, packte ich meinen Koffer, legte den Ring auf den Tisch, lud alles in mein Auto und fuhr los Richtung Freiburg. Erst in Donaueschingen kam ich etwas zur Ruhe.

Endlich war ich unbeobachtet. Keiner seiner Freunde war mir gefolgt.

Ich rief meinen Bruder Hubert an und erklärte ihm von meiner Flucht. Er sagte, ich solle zu Oma fahren, und wir verabredeten uns dort.

Bei Oma angekommen musste ich mir erstmal anhören, wie recht sie doch in allem hatte und warum ich mich mit Ausländern abgebe, die doch nur Gastarbeiter sind!

Dann kam Hubert dazu. Opa hatte Brote geschmiert. Ich liebte Opa, der hat immer dafür gesorgt, dass wir was zu essen hatten.

Hubert riet mir davon ab, bei den Großeltern zu bleiben, da Jose die Adresse von Oma hatte. Ich sagte, dass ich nach Hamburg wolle. Da war er schon wieder: der unwiderstehliche Drang nach Freiheit!

Nach einer Stunde Aufenthalt bei Oma fuhr Hubert mit mir Richtung Hamburg. Die halbe Strecke habe ich geschlafen, erschöpft vom Stress der vergangenen Tage. Ich war dankbar, dass Hubert mich nicht mit Fragen gelöchert hat.

✹

In Hamburg angekommen fuhren wir erstmal in „mein" Hotel in der Kirchenallee. Der Chef begrüßte uns freundlich, und Aldo war auch noch da. Ich habe ihn auf italienisch begrüßt, und er war freudig überrascht. Während dem Essen haben wir die Zeitungsannoncen nach einer Wohnung durchsucht.

Keine Stunde später haben wir etwas Passendes gefunden. Hubert hat sofort angerufen und ich weiß bis heute noch nicht, wie das kam, aber am Abend hatte ich schon eine Wohnung in Hamburg! Der Vertrag war unterschrieben, Hubert hat die Kaution und die erste Miete bezahlt.

Hubert fuhr am Abend mit dem Zug zurück nach Freiburg. Eine Woche musste ich warten, bevor ich in meine Wohnung ziehen konnte, und ich genoss die Zeit im Hotel. Endlich wieder in Freiheit, suchte ich mir gleich eine Arbeit. In der Innenstadt bin ich in jedes Restaurant und musste auch nicht lange suchen: Jim Block in der Spitalerstraße nahm mich unter Vertrag. Ich war überglücklich! Ich muss schon sagen: wenn ich mal unten bin, gibt es ganz fix eine Lösung. Ich bin ein Stehaufmännchen, und flexibel arbeiten kann ich auch!

Oh, mein Gott, wie ist das Leben toll! Frei zu sein, gesund zur Arbeit zu gehen und von niemanden bevormundet zu werden, war für mich das Allerschönste!

✵

Aldo, der Kellner aus dem Hotel, wollte gleich zu mir in meine Wohnung einziehen, aber ich wollte das auf keinen Fall! Ich sagte, lass uns warten, nur drei Monate, dann sprechen wir nochmal darüber. Doch er konnte das nicht. Er hat sich eine andere genommen, die gleich mit ihm zusammenzog. Für mich war das okay. Was ich nicht wusste war, dass sie ihn so beherrscht hatte, dass er ein halbes Jahr später aus dem sechsten Stock den Freitod wählte. Er sah sehr schlimm aus, als ich ihn in der Leichenhalle nochmal gesehen hatte. Oh mein Gott, der Arme! Ich glaube, er hatte Drogen genommen und dachte, er könne fliegen...

✷

Nach drei Monaten im Jim Block meinte der Chef, dass ich sehr gut sei, und ob ich im Block House in der Dorotheenstraße als Kellnerin arbeiten wolle. Für mich war das ein Aufstieg. Mehr Geld, schöneres Arbeiten, aber halt auch am Wochenende. Das machte ich gerne.

Endlich hatte ich meine vollkommene Freiheit und lebte in Hamburg am „Tor der Welt". Und das habe ich mir selber mit viel Arbeit verdient! Bei der Reederei Slohmann hatte ich mich auch beworben, um auf dem Schiff als Kellnerin zu arbeiten. Leider war das Schiff, auf das ich sollte, gerade ausgefahren und sie sagten mir, ich solle mich in drei Monaten nochmal melden. Klasse! Alles lief wie geschmiert, und ich musste nur warten.

Aber es kommt immer anders, als man denkt...

Erste Ehe mit einem Chinesen

Meine Arbeit im Block House dauerte manchmal bis Mitternacht. Um mich abzulenken, ging ich oft auf dem Heimweg in eine kleine Bar. Dort saß ich dann stundenlang und beobachtete die Menschen. Ich mache das sehr gern. Aber mit dieser Vorliebe war ich nicht allein.

Es gab eine Gruppe Chinesen, die genau so spät von der Arbeit kamen wie ich. Und da war er: ein kleiner, dezenter Chinese, zu schüchtern, mich anzusprechen. Seine Freunde fragten mich schließlich, ob ich Lust hätte, mit ihm zu tanzen. Eigentlich hatte ich die Nase gestrichen voll von Beziehungen, aber tanzen kann man ja mal.

Es war dann eher so ein Wackeln auf der Tanzfläche. Was mir an ihm gefallen hat war seine Zurückhaltung. Außerdem hat er sehr gut geduftet. Er war genau das Gegenteil von dem, was ich kannte von den Männern.

Das wiederholte sich jede Woche. Ich fühlte mich zu ihm hingezogen und genoss seinen herrlichen Duft. Reden konnten wir nicht viel. Er konnte kein Deutsch und ich kein Chinesisch, also versuchten wir es mit Englisch. Ich hatte mal ein Jahr lang Englisch in der Schule gehabt.

Sehr bald war mir klar, dass ich mit ihm zusammen sein wollte. Drei Monate später heirateten wir auf dem Standesamt in Hamburg und nochmal drei

Monate später flogen wir nach Malaysia und heirateten kirchlich.

Ich weiß bis heute nicht, ob das Gott oder Buddha war, denn mein Mann war ein großer Fan von Buddha. Mir war das egal. Ich glaubte nur an mich selbst, denn ich musste selber immer wieder aus meinem Dreck rauskommen und kein Gott oder Buddha hat mir dabei geholfen.

Aber die Feier fand ich schon ganz toll: morgens in der Kirche in weiß, und abends zum Essen hatte ich ein rotes Seidenkleid an, das war schon richtig schön! Ich fühlte mich nach langer Zeit wieder wie eine Prinzessin, wurde von den Schwestern zurecht gemacht und angekleidet, und beim Abendessen habe ich allen gezeigt, dass ich mit Stäbchen essen kann.

Oh, war mein Mann stolz auf mich, und ich genoss es ausgiebig! Lange hatte ich mich nicht mehr so gut gefühlt und wünschte, dieser Moment würde ewig dauern. Oh mein Gott, war ich glücklich! Ich glaubte damals, dass es sowas nicht mehr gibt: „Familie"... Ich liebte meinen Mann sehr und dachte, am Ziel meiner Träume zu sein. Ich war sicher: ab jetzt wird alles gut!

✻

Aber sehr bald musste ich feststellen, dass mein Mann mich jeden Augenblick kontrolliert hat. Er war krankhaft eifersüchtig und hat mir das Leben zur Hölle gemacht.

Nach einem halben Jahr wollte ich mich scheiden lassen und konsultierte einen Anwalt, der ihm einen Brief schrieb. Natürlich konnte mein Mann das Schreiben nicht lesen und bat mich, es ihm vorzulesen. Da saß ich nun, musste ihm sagen, dass ich diese Ehe beenden möchte. Nach langem Hin und Her haben wir uns entschieden, es nochmal zu versuchen, und ich muss sagen, das ging auch am Anfang gut.

✳

Zwei Jahre später habe ich eine Tochter geboren. Wir waren überglücklich! Sonya war Papas Prinzessin. Alles drehte sich um sie und Papa verwöhnte sie, wo immer er konnte.

Kurze Zeit später eröffneten wir mit anderen Chinesen ein Restaurant an der Alster und Papa war den ganzen Tag dort, während ich mich um den Haushalt und Sonya gekümmert habe.

Und dann ging das Theater schon wieder los! Wir hatten verschiedene Erziehungsmethoden, weshalb es immer wieder Streit gab. Ein Mädchen darf in China nicht draußen rumtoben wie ein Junge. Ich wollte das natürlich nicht einsehen. Zu sehr hatte ich in meiner Kindheit meine Streifzüge, meine Freiheit und die waghalsigen Mutproben geliebt!

Nach fünf Ehejahren voller Stress und Ärger habe

ich mal wieder meine Koffer gepackt und bin mit meiner Tochter geflohen.

✳

Hubert ist nach Hamburg gekommen und hat mein Kind erst mal nach Freiburg geholt, bis sich in Hamburg alles beruhigt hatte. Ich wollte Sonya den Schlamassel ersparen. Aber irgendwie hat mein Mann rausbekommen, wo sich Sonya aufhielt und hat sie kurzerhand geholt.

Er hatte sehr bald eine neue Freundin, die auch schon schwanger war. Bei der Scheidung wurde Sonya ihm zugesprochen mit der Begründung, sie lebe ja dort in einer Familie, da ich alleine und voll berufstätig war.

Oh mein Gott, was lief alles schief in meinem Leben! Ich wollte doch nur glücklich sein mit einem liebenden Mann und meiner Tochter! Was für ein Gott war das, der mich von einer Katastrophe in die nächste schubste? Oder lag das an mir? Suche ich mir immer die falschen Männer? Ich wollte doch nur einen Mann, der ist wie mein Papa! Ach ja, mein Papa... warum musste er so früh sterben? Ich war mal wieder am Boden zerstört, aber ich bin ja ein „Stehaufmännchen", nicht wahr?

Also Maria, aufstehen, den Dreck abschütteln und weiter gehen! Das Schlimme für mich war: wenn ich meine Tochter sehen wollte, war sie nie da. Ich bekam immer die selbe Antwort: „wenn du zu mir zurück kommst, kannst du deine Tochter wieder sehen. Aber das konnte ich wirklich nicht! Zu groß war der Schmerz, zu groß mein Freiheitsdrang.

Zweite Ehe mit Jorge

Ok, weiter geht's. Eine gute Sache in meinem Leben war: ich hatte immer Arbeit und ich konnte mich auch immer wieder erholen. Kellnern hat schon Vorteile: vom Lohn kann man Miete und die laufenden Kosten bezahlen und vom Trinkgeld kaufte ich Lebensmittel.

Endlich konnte ich mich wieder mit Freunden treffen und auch abends mal weg gehen.

Mit der Zeit kam ich zur Ruhe. Um mich nach der Arbeit zu entspannen ging in eine Bar auf der Reeperbahn, um im Hinterzimmer Billard zu spielen. Es machte mir richtig Spaß, die Jungs abzuzocken, und ich gewann fast immer. Ich beobachtete ganz genau die Stärken und Schwächen des Gegners, ließ ihn ein bis zwei Mal gewinnen und machte ihn danach fertig. So habe ich mir noch was dazu verdient und habe der Männerwelt gezeigt, wie stark wir Frauen sein können. Es befriedigte mich sehr; es war eine Art Rache.

Wenn ich so zurückdenke, war etwas sehr Trauriges mit mir passiert: aus der unbändigen Försterstochter, der verwöhnten, geliebten Prinzessin, war eine verbitterte Frau geworden. Ich hatte niemanden, bei dem ich mich aussprechen konnte, kein Ventil, bei dem ich richtig Dampf ablassen konnte. Die Unzufriedenheit staute sich in mir und ich versuchte, mich andauernd selbst aus meinen Problemen rauszuboxen. Selbstverantwortung ist ja gut, wie gesagt: Stehaufmännchen... aber einsam war ich trotzdem.

✳

Und dann kam Jorge. Er war Tänzer in einer brasilianischen Gruppe auf Turnier und gerade in Hamburg angekommen. Was für ein Mann! Jede Frau hätte angefangen zu träumen... Er beobachtete mich und mein Spiel. Dann sprach er mich an. Natürlich konnte auch er kein Deutsch, und wir haben uns auf Englisch unterhalten, was ich mittlerweile besser konnte. Man lernt ja dazu. Das kommt davon, wenn man voller Neugier auf Entdeckungsreise durch die Weltgeschichte geht.

Aus dem Gespräch wurde ein wunderschöner Abend. Weitere Treffen folgten, denn er war eine ganze Woche in Hamburg. Jorge tat mir gut, und ich lebte förmlich auf! Er war ein Sonnenschein und schenkte mir eine herrliche Leichtigkeit. Ich fühlte mich wie auf Wolken! Wieder vergaß ich, wie schlecht manche Männer sein können.

Da die Gruppe auf Deutschland-Tournee war und weiter zog, verlor ich ihn aus den Augen. Aber mich hat diese Begegnung glücklich gemacht. Jorge hat die Sonnenseite in mir geweckt, und sein Charme hat mir geholfen, mich wieder frei und unbeschwert zu fühlen. Ich hatte wieder Spaß am Leben.

✳

Mitten in dieses Vergnügen und mein trickreiches Spiel in der Bar lernte ich den dunkelhäutigen Ricardo kennen. Er war ein echter Draufgänger und Frauenheld aus den Niederlanden. Aus Amsterdam brachte er Drogen mit, und die Frauen lagen ihm zu Füßen. Ich war kühl und abweisend, weil ich nicht nochmal an einen falschen Kerl geraten wollte. Das reizte ihn, und er suchte eher meine Nähe als die der anderen Frauen. Er wollte mich auf einen Drink einladen, aber ich lehnte ab. Mein Bauchgefühl warnte mich, ja, ich wusste ganz sicher, dass dieser Mann kein guter Umgang für mich war!

Das lief ziemlich lange so. Ich ging zur Arbeit und spielte nach Feierabend Billard. Eines Abends – ich war sehr einsam und wollte einfach mal Gesellschaft – genehmigte ich mir einen Drink von Ricardo. Wir saßen an der Bar und unterhielten uns. Er war sehr freundlich, und das tat mir gut. Kurzerhand gab ich ihm meine Adresse und sagte: ich gehe jetzt nach Hause. Du wartest fünf Minuten und kannst dann nachkommen. Ich wollte nicht, dass jemand sah, wie wir zusammen weg gingen. Immerhin kannten mich die Leute als spröde Frau, die keinen an sich ran ließ. So sollte es auch bleiben!

Ich war gerade mal fünf Minuten zu Hause, hatte

einen Sekt aus dem Kühlschrank geholt und die Kerzen angezündet, da stand er schon vor meiner Tür.

Ricardo war ein schöner Mann, groß, dunkelhäutig, breite Schultern, sehr athletisch, und er hatte ganz außergewöhnlich weiße, gleichmäßige Zähne. Es war wie in einem Traum. Die ganze Welt drehte sich um mich. Ich wollte mich nicht wehren. Geschmeidig wie eine Raubkatze nahm er mich in seine Arme und küsste mich leidenschaftlich. Ich wurde wachsweich in seinen Händen und gab mich ihm hemmungslos hin.

Zum ersten Mal in meinem Leben genoss ich es und kam zum Höhepunkt. Es war animalisch, instinktiv, einfach herrlich, und wir taten es immer und immer wieder. Mein Gehirn war weg und ich fühlte einfach nur noch mit allen Sinnen. Ich kannte so was nicht; ich war vollkommen in einer anderen Welt...

Am nächsten Morgen wachte ich auf und bin erschrocken, weil er immer noch neben mir lag. Ich stand auf, machte uns einen Kaffee und sagte zu ihm:
„es war schön, vielen Dank, aber geh jetzt bitte und komm nicht mehr zurück. Ich will keine Beziehung mit dir!"

Oh mein Gott, sein Gesicht vergesse ich nie wieder! Er beteuerte, dass er mich liebe. Ich antwortete nur, das sei sein Problem, nicht meins.

Uff, das hat gesessen! Er ging, und ich blieb mit einem sehr schlechten Gefühl zurück. Er hatte mir einen wunderschönen Himmel geschenkt; ich hatte die ganze Nacht in einem unvergleichlichen Rausch erlebt, trunken von Lust und Begierde.

Mein Verstand wusste, dass dieser Mann nicht gut für mich war. Schließlich wollte ich einen Mann, der genau wie mein Papa war, und mein Papa würde niemals Drogen verkaufen oder Alkohol trinken.

Ich versuchte, Ricardo schnell zu vergessen, was mir nicht leicht fiel. Immer wenn er nach Hamburg kam, besuchte er mich zu Hause und trieb es mit mir. Ich weiß nicht, was mich geritten hat, aber ich konnte ihm nicht widerstehen.

✷

Dann kam Jorge wieder nach Hamburg und brauchte einen Platz zum Schlafen. Und da kam mir eine verrückte Idee, mit der ich glaubte, mich aus der Schlinge zu ziehen. Kurzentschlossen lud ich Jorge ein, bei mir zu übernachten. Er freute sich, dass ich so direkt war und zog bereits am nächsten Tag ein.

Als Ricardo das nächste Mal nach Hamburg kam, um seinen dunklen Machenschaften nachzugehen, sagte ich ihm, dass ich heiraten werde und er solle aus meinem Leben verschwinden. Er wollte keinen Ärger und zog ab.

Es dauerte gar nicht lange, da bekam ich meinen Heiratsantrag von Jorge. Ich nahm Urlaub und wir flogen nach Rio de Janeiro, denn es war mir wichtig, seine Familie kennen zu lernen. Sie wohnten in sehr armen Verhältnissen in Manquera, genau hinter dem Maracanastadion, einem der größten Fussballplätze der Welt. Wir verbrachten drei tolle Wochen bei der Schwester. In der letzten Woche hatte Jorge eine Überraschung für mich.

„Schatz, morgen werden wir heiraten!"
„Oh mein Gott, das muss doch geplant werden!"
„Schon gut, meine Familie hat alles vorbereitet."

Am nächsten Tag gingen wir zum Standesamt. Neun weitere Paare heirateten zur gleichen Zeit. Man muss sich das mal vorstellen: die Brautleute kamen mit Lockenwicklern und Badelatschen zu ihrer eigenen Hochzeit!

Wir waren mit Abstand am schönsten gekleidet. Alle standen um einen großen Tisch und wurden nacheinander gefragt. Als Jorge mir einen Rippenstoss gab, wusste ich, dass ich mit „Si" antworten sollte. Was ich vor wenigen Wochen nicht mal im Traum gedacht hatte, war Wirklichkeit geworden: wir waren verheiratet!

Vor dem Standesamt haben wir uns geküsst und uns gegenseitig die Ringe angesteckt. Diese Hochzeit werde ich nie vergessen!

Am Abend im Restaurant sah ich meine Schwieger-

mutter in meinem roten Seidenkleid. Sie hatte es abgeschnitten, weil sie so klein ist. Ich war sicher, dass ich es nicht eingepackt hatte und fragte Jorge, woher sie das Kleid habe.
Er meinte nur „Das hing sowieso nur in deinem Schrank rum."
Na klasse, ist schon irgendwie lustig: meine aktuelle Schwiegermutter in meinem Hochzeitskleid von meiner ersten Hochzeit!

Am nächsten Tag wollte ich unbedingt an die Copacabana fahren! Was ist ein Aufenthalt in Rio ohne Besuch an der Copacabana. Mit dem Bus sind wir eine gute halbe Stunde gefahren, und das war ein Abenteuer für sich...

Wie ich diese Höllenfahrt über Stock und Stein, Schlaglöcher und wer weiß was noch überlebt habe, kann ich heute nicht mehr sagen. Ich war einfach froh, dass ich sie überstanden hatte, ohne mich zu übergeben! Am Ziel wollte Jorge lieber am Bus bleiben. Er hatte Angst, sich nasse Füße zu holen...

✳

Mit Tränen in den Augen stehe ich am Strand und schaue wie gebannt auf das Meer. Es ist viel schöner als ich dachte! Die große weite Welt, der unendlich ferne Horizont, das blaue, warme Wasser! Langsam atme ich ein, bis es nicht mehr geht, genieße den Duft nach Salz und Algen. Wohlig graben sich meine Füße in den Sand. Das kribbelt im Bauch wie eine junge Liebe! Das gleichmäßige Rauschen der Wellen, die Schaumkronen, der Duft nach Seetang – mein Herz jubelt! Es ist so paradiesisch und endlos, unglaublich! Mit allen Sinnen genieße ich meine Freiheit!

Diesen emotionalen Augenblick werde ich immer in meiner Seele bewahren. Er gehört ganz mir. Aus tiefstem Herzen schreie ich in den lauen Wind:
„mit Jorge oder ohne ihn, eines Tages werde ich hier an der Copacabana leben!"
Die gewaltige Kraft dieser Worte habe ich erst viel später erfahren!

✯

Am nächsten Tag flogen wir zurück nach Hamburg, und wenige Stunden später lief ich wieder im Hamsterrad. Bei der Arbeit hatte ich meine Stundenzahl erhöht, weil Jorge ja kein Deutsch konnte und deshalb auch keine Arbeit bekommen hatte. Was die Sache noch erschwerte war, dass er nichts anderes konnte – oder wollte – als nur tanzen.

Trotzdem waren wir sehr glücklich. Jorge war richtig gut darin, mich zu verwöhnen. Vor allem hat er mich weder geschlagen noch hat er getrunken. Endlich hatte ich meinen Traummann gefunden, der ruhig und gelassen war wie mein Papa es gewesen war. Langsam erholte ich mich von meiner Vergangenheit.

Leider sollte dieses Glück nicht lange dauern. Wir waren fast ein Jahr verheiratet, als ich eines Abends müde von der Arbeit nach Hause kam. Als ich die Wohnungstür aufschloss, bekam ich plötzlich ein ungutes Gefühl. Alles war dunkel, und er war nirgends. Als ich ins Schlafzimmer kam und das Licht anschaltete, traute ich meinen Augen nicht! In meinem Bett lag mein Mann mit einer fremden Frau! Vermutlich waren sie nach dem Sex eingeschlafen.

Total geschockt sagte ich: ich gehe eben nochmal raus. Zieht euch an und wartet, bis ich wiederkomme!

Heiliger Zorn überkam mich! Dann wurde ich sehr traurig, und mir wurde sterbenselend. Ich ging noch mal runter ins Restaurant und trank einen Whisky, um meine Übelkeit runterzuspülen.

Das kann doch nicht wahr sein! Was hab ich nur getan, dass es mir vergönnt bleibt, glücklich zu leben? Ich tue doch wirklich alles für meine Ehe, schicke jeden Monat Geld zu seiner Familie, damit es ihnen besser geht, arbeite die doppelte Stundenzahl, um unseren Lebensunterhalt und die Unterstützung für seine Familie bezahlen zu können...

Nachdem ich noch einen getrunken hatte, bin ich wieder in die Wohnung und habe mich gewundert, wie brav die beiden da am Tisch auf mich warteten. Sie machten keinen Mucks, also sagte ich ruhig: „ich möchte nur wissen wie lange das schon geht.

Plötzlich fing sie an zu weinen und sagte:
„Drei Monate."
Ich fragte sie: „liebst du ihn?"
„Ja", schluchzte sie. Er saß immer noch schweigend da und sah uns nur an.

Da brach es aus mir heraus: „dann nimm ihn mit zu dir! Jorge, pack deine Sachen und verschwinde aus meiner Wohnung!"
Plötzlich schien er zu kapieren, was er verlieren würde, und er rief:
„ich will aber nicht weg von dir, du musst mir verzeihen, ich bin doch dein Mann!"

Das war zu viel für mich: „wenn du mein Mann wärst, hättest du das nicht gemacht! Also pack deine Sachen und verschwinde!"
Er sagte einfach: „nein", ich bleibe hier bei dir!"
Wie erbärmlich ist das denn! Er bringt es fertig, zwei Frauen auf einen Schlag zu enttäuschen!

„Okay", sagte ich, wenn du nicht gehst gehe ich!

So packte ich meine Sachen – nun schon zum dritten Mal – und verließ die Wohnung. Erstmal bin ich ins Hotel Popp, wo sie mich schon kannten. Dort hatte ich auch schon Sonderpreise für die Übernachtung bekommen. Auf dem Weg klingelte mein Handy und was glaubt ihr, wer dran war? Genau, Ricardo!

Ich, total enttäuscht und fertig mit den Nerven, musste erst mal weinen, und er sagte: „ich bin gerade auf dem Weg zurück nach Amsterdam und möchte dich noch kurz sehen!"

Es wäre besser gewesen, wenn ich meinem Bauchgefühl vertraut hätte. Aber ich brauchte jemanden zum Reden, und so verabredeten wir uns im Hotelrestaurant.

Als er mich sah, rief er entsetzt: „wie siehst du denn aus! Ich glaube, dieser Mann tut dir nicht gut!"
Oh, mein Gott, wie recht er doch hatte!

Er ging mit mir aufs Zimmer und verwöhnte mich mit allem, was ich in diesem Moment brauchte!

Der gefährlichste Mann in meinem Leben

Beim Frühstück lud er mich ein, mit ihm in Amsterdam Urlaub zu machen. Ich überlegte nicht lange und bevor ich wusste, wie mir geschah, waren wir in Amsterdam.

Zwei Wochen lang verwöhnte Ricardo mich, genau, wie mein Papa es früher getan hatte: er las mir jeden Wunsch von den Augen ab, und ich fühlte mich wie eine Prinzessin!

Ach, kann das Leben schön sein! Keine einzige Träne weinte ich meinem Mann nach. Ricardo sorgte dafür, dass ich genug um die Ohren hatte, Jorge mehr und mehr zu vergessen. Wir unternahmen viele schöne Sachen: Essen gehen, einkaufen – das kann man wirklich gut in Amsterdam – und einfach nur mal Stadtbummel... er zeigte mir viele interessante Dinge.

Nach zwei Wochen kam der Riesenschock! Ricardo ging mit mir zu den Häusern, wo die Frauen hinter Fenstern sitzen und sich anbieten. Er meinte: „du kannst mir auch mal was Gutes tun. Setz dich da rein, da kannst du das schnelle Geld machen!"
Ich lachte und sagte: „das war kein wirklich guter Witz!" Er antwortete nicht und ich sah zu ihm rüber.

✳

In seinen Augen lodert ein dämonisches Feuer. Sofort begreife ich, dass er es bitterernst meint! Ich versuche, wegzulaufen, doch er packt mich am Arm, drückt sehr schmerzhaft zu und meint: „ich mache keine Witze! Ich habe dich verwöhnt, und jetzt verwöhnst du mich! Tu es für mich!"
Fassungslos dränge ich: „Ricardo, lass uns nach Hause gehen!"

Er sieht mich kalt an. „Ich habe schon ein Zimmer bezahlt. Du gehst jetzt da rein und setzt dich ans Fenster, sonst werde ich sehr böse, und das wird dir nicht gut tun!"

Er schleift mich in das Zimmer, schließt die Tür und stellt sich ganz in die Nähe. Von dort aus gibt er mir zu verstehen, ich solle den Pullover ausziehen, den ich in meiner Angst und Scham bis zu meinen Knien gezogen hatte.

Wie in einem bösen Traum sehe ich viele Menschen vorbei gehen, die mich belustigt oder verächtlich anglotzen und denke: »warum ich, wie konnte ich mich in einem Menschen nur so täuschen! Er war doch so gut zu mir! Das ist ja ein total anderer Mensch!«

Damals hatte ich keine Ahnung von der Kraft, die von Dämonen ausgeht. Mein Glaube an Gott war schon lange dahin. Ach ja, wo war nur Gott? Ich glaube, der hat mich sitzen lassen; ich bin wohl zu schwierig für ihn. Er hätte ja auch zu viel Arbeit mit mir. Er muss ja die Heiligen unterstützen, und ich bin ja nur die rebellische Försterstochter, die schon die zweite Ehe hinter sich hat. Die eine Tochter hat, um die sie sich nicht kümmert, oh Sonya!

Ich war an einem Punkt angekommen, an dem es nicht schlimmer werden konnte. Mir blieb nichts anderes übrig, als klein beizugeben und mitzuspielen, bis ich eine Gelegenheit fand, abzuhauen.

Fünfzig Gulden war eine halbe Stunde wert. Ricardo behielt mich genau im Visier und stoppte die Zeit. Nach schier endlosen fünf Stunden gab er mir ein Zeichen dass ich Schluss machen konnte.

Er ging mit mir essen und freute sich, dass ich so viel Geld gemacht hatte. Dann war er wieder der alte, den ich zu kennen glaubte, der mich verwöhnte und der mich glücklich machen konnte.

Nach dem Essen gingen wir in ein Kaffehaus. Schnell begriff ich, dass er dort jede Menge Drogen kaufte. Ich hab einen feinen Nusskuchen gegessen und erst hinterher gemerkt, dass da auch Drogen drin waren.

Plötzlich war mir alles egal. Es war mir gleichgültig, was mit mir passierte. Ich fühlte mich friedlich und bei Ricardo geborgen. Zu Hause hat er mich dann erstmal mit Alkohol, Drogen und natürlich Sex rangenommen. Das war nicht mehr „Liebe machen"; es war richtig schlimm!

Ricardo wurde mein Lehrmeister in Sachen „Sex" und ich wurde ihm hörig, was ich natürlich nicht erkannt habe. Damals, als mich mein Bauchgefühl zum ersten Mal vor diesem Mann gewarnt hatte, wäre es eine richtig gute Idee gewesen, ihn endgültig aus meinem Leben auszublenden. Mir wäre sehr viel Leid erspart geblieben!

Aber ich habe halt immer nach Liebe und Geborgenheit gesucht und hatte keine Ahnung, wie durchtrieben und grausam Menschen sein können! Niemand hatte mich aufgeklärt oder gewarnt. Verbote hatte ich als Freiheitsberaubung gesehen. Sie haben mich rebellisch gemacht, und so musste ich durch tiefes Elend und unvorstellbare seelische und körperliche Leiden gehen.

Mein Leben als Prostituierte

Am nächsten Tag das selbe Spiel: Ricardo brachte mich in die Stadt zu den Krachten. Er hatte schon wieder ein Zimmer gemietet. Es sah aus wie ein Schaufenster und war eingerichtet wie ein altbackenes Wohnzimmer, ausgelegt mit einem billigen Teppich und eingerichtet mit Sessel, einem kleinen Tisch und einem Bett.

„Zieh dich aus und setz dich auf den Sessel!", befahl Ricardo. Von Drogen benebelt sah ich ihn teilnahmslos an. „Los, mach schon! Ich sag dir jetzt genau, was du zu tun hast, und du machst nichts anderes!"
Es war so demütigend! Die Passanten, meist Touristen, gafften mich an, machten verächtliche Bemerkungen oder Witze; es war einfach nur eklig!

Am Anfang handelte Ricardo den Preis mit den Kunden aus, aber bald sollte ich das machen. Dann hab ich den Vorhang zugezogen, der Kunde ist zu mir gekommen, wir haben es gemacht, er hat mir das Geld gegeben und ich hab den Vorhang wieder aufgemacht, Danach sollte ich mich wieder präsentieren.

Ricardo hat mir gedroht, wenn ich mich bedeckt habe. Er hat alles kontrolliert, den Preis, wie viele Kunden ich hatte, und ich musste ihm sogar sagen, wie ich es den Kunden gemacht habe.

Als Ausländerin war es mir verboten, in Amsterdam anschaffen zu gehen. Wenn sie mich erwischt hätten, wäre ich sofort ausgewiesen worden. Das wollte Ricardo nicht riskieren, ich war eine sehr gute Arbeitskraft, und er hatte hohe Einnahmen durch mich. Deshalb haben wir sehr bald standesamtlich geheiratet.

Ricardo machte mich systematisch von Drogen und Alkohol abhängig. Wenn ich nicht am Fenster saß, waren wir zu Hause und haben gekokst und getrunken. Obwohl ich in einem permanenten Drogenrausch war, habe ich drei Mal versucht zu fliehen.

✳

Bald hatte Ricardo die Nase voll davon und hat mich in einen Sexclub außerhalb von Amsterdam gebracht. Der Besitzer war wohl ein Freund von ihm, und ich hatte keine Chance mehr, auszubrechen. Dienstags brachte er mich hin und holte mich Samstag nachts nach Feierabend ab. Das Wochenende verbrachte ich dann zu Hause, wo er mir beibrachte, was ich noch so alles machen konnte, um mehr Geld zu verdienen.

Das waren zum Beispiel Bühnenshows, Life-Shows, Lesben-Shows und so weiter. Es fällt mir sehr schwer, heute darüber zu schreiben, weil mich allein die Erinnerung daran ekelt! Es war so widerlich!

Wenn wir nichts zu tun hatten, saßen meine Kolleginnen und ich im Garten. Das ganze Gelände war ummauert. Aus Langeweile haben wir uns mit der Pinzette die Beinhaare rausgerissen. Die restliche Zeit verbrachten wir mit koksen und saufen. Ich wurde immer dünner und stiller. In mir fühlte ich nur noch Leere und Hass.

Der Chef hat das dann auch noch ausgenutzt und mir ein Zimmer eingerichtet, wo ich Sado-Maso-Spielchen mit den Kunden treiben sollte. Eigentlich war das gar nicht mal so schlecht. Endlich konnte ich mal die Schläge und Demütigungen zurückgeben, die ich über die Jahre eingefangen hatte!

Oft war es einfach nur pervers, aber ok, mit einem Schnupf Kokain schaffte ich das auch. Auf die Wochenenden freute ich mich, wenn Ricardo mich abholte. Ich war ein gutes „Pferd im Stall" und hatte hohen Umsatz. Deshalb hat er mich an den Wochenenden richtig verwöhnt.

✻

In der ersten Zeit musste ich mich gegen die anderen Frauen durchsetzen. Die hatten ja ihre Stammkunden, und wenn du neu bist, wollen die Kunden probieren, wie es mit dir ist. Dann wählen sie dich aus und gehen mit dir aufs Zimmer.

Das bedeutet, dass die andere Verluste macht. Und dann kam es schon mal vor, dass ich mich wehren musste, um arbeitsfähig zu bleiben.

Einmal saßen wir alle um die Bar und schlürften unsere Whiskys, als wieder mal Kundschaft kam. Einer setzte sich neben mich und hat mich angesprochen und wir tranken zusammen. Meine Kollegin hat mich schief angeguckt, aber was soll's – der Kunde wählte mich aus.

Wir gingen aufs Zimmer und nach einer gewissen Zeit kamen wir wieder nach unten. Als der Kunde weg war, ist die Kollegin mit einem Barhocker auf mich losgegangen und wollte ihn mir auf den Kopf schlagen. Ich bekam die Panik und dachte nur eins: »wenn ich jetzt verletzt werde und nicht mehr arbeiten kann, bekomme ich es mit Ricardo zu tun!«

Davor hatte ich den absoluten Horror! Ich habe sie mit der Faust auf die Nase geschlagen und ihr eine Rippe gebrochen. Als sie auf dem Boden lag und jämmerlich weinte, tat sie mir schon leid, aber was sollte ich denn machen? Ich hatte Angst, wieder von Ricardo vergewaltigt zu werden. Davon hatte ich dann innere Verletzungen, denn äußerlich musste ich ja gut aussehen! In dem Geschäft ist sich jeder selbst der Nächste...

✹

Einen Freitag Abend werde ich nie vergessen. Dazu muss ich sagen, es gibt da eine Regel: du darfst dich niemals hinlegen und den Kunden über dir lassen. Du musst immer fliehen können, wenn er dir was Böses will.

An diesem schrecklichen Freitag Abend hörten wir plötzlich Gabi schreien. Wir rannten nach oben, denn das Gebrüll war grauenvoll! Was ich da sah, war einfach nur eine Katastrophe! Oh, mein Gott! Die Gute lag auf dem Bett, der Kunde auf ihr mit einem Messer in der Hand. Ich kam als erste an und zerrte ihn runter von ihr. Er hatte sie von oben bis unten aufgeschlitzt! Ihre Organe quollen aus der riesigen Wunde. Verzweifelt versuchte ich, mit Leintüchern den Bauch zusammen zu halten. Überall spritzte das Blut aus ihrem Körper und mir wurde so übel, dass ich mich beinahe übergeben hätte. Es ging alles sehr schnell. Gabis Schreie wurden leiser, und nach wenigen Minuten war es vorbei.

Dann bin ich zusammengebrochen. Immer wieder dachte ich: »warum sie? Warum nicht ich? Dann hätte ich es endlich überstanden!«

Das entsetzliche Erlebnis verfolgte mich so sehr, dass ich es nach einigen Tagen nicht mehr aushielt und versuchte, mich mit Tabletten umzubringen. Sie fanden mich zu früh und steckten mir den Finger in Hals so dass ich mich übergeben musste.

✶

Der Alltag ging weiter. Erst nach sieben Monaten wurde ich von diesem schrecklichen Klub erlöst und durfte in Amsterdam bleiben. Aber Ricardo hatte weitere teuflische Sachen mit mir vor.

Seine Idee war, mich zum Escort zu schicken. Da

bekommst du einen Pieper, kannst zu Hause bleiben oder auch in die Stadt gehen, aber du musst immer bereit sein, wenn sie dich anpiepsen. Dann rufst du an und sie geben dir Name, Hotel und was der Kunde sich wünscht.

Manchmal musste ich eine Unschuldige spielen und manchmal auch Lady als Begleitung zum Geschäftsessen. So lernte ich die meisten Hotels in Amsterdam kennen und auch, wie sich die reichen Geschäftsmänner benehmen. Auch Politiker und Richter waren meine Kunden. Ich wurde zur Edelnutte und machte jede Nacht sehr viel Geld. Am liebsten hatte ich Kunden, die nur mit mir zum Geschäftsessen gingen. Da konnte ich mich mal schick anziehen und nicht so übertrieben aufreizend.

Manche Kunden wollten einfach nur mal eine gute Zuhörerin. Sie erzählten ihre Ehepropleme und ich hörte zu, und wenn sie mich um Rat fragten, gab ich ihnen auch Tipps.

Einer bestellte mich, der wollte dass wir gemeinsam Bilder von seiner verstorbenen Frau anschauten. Er weinte jedes Mal, und ich musste ihn trösten. Er tat mir sehr leid. Mein Mitgefühl tat ihm gut, und er bestellte mich wöchentlich.

Ein anderer wollte mich nur massieren. Bei solchen Gelegenheiten konnte ich mich ein bisschen erholen.

Eines Tages piepste man mich an, und ich hatte einen Auftrag mit Andrea, sie war auch Deutsche. Wir mussten mit zwei Franzosen drei Stunden lang in einen Swingerclub. Es war so schlimm, dass ich mich auf der Toilette übergeben habe.

Nach drei Stunden waren wir endlich erlöst, und ich hatte noch etwas Zeit, um Andrea nach Hause zu begleiten. Ihre Wohnung lag auf dem Weg zu der Disco, in der ich mit Ricardo verabredet war. Ich war erschüttert wie sie lebte: da war nur eine Matratze, ein Tisch und ein Löffel, den sie dann auch gleich benutzt hat, um sich Heroin zuzubereiten. Sie hatte ein Mix aus Cocain mit Heroin und bot mir auch was an. Ich nahm auch was, drehte mir das Zeug in eine Zigarette, und sie schoss sich den Stoff in die Vene!

Plötzlich konnte ich alles vergessen und sah mir die schönen Farben an der Wand an. Wir saßen auf dem Boden an die Wand gelehnt, als mir plötzlich ganz komisch wurde. Ich ging zur Toilette und musste mich schon wieder übergeben. Mir wurde ganz heiß und im nächsten Augenblick wieder kalt. Für mich war das ein Höllentripp! Als ich wieder von der Toilette kam, setzte ich mich wieder neben Andrea und erzählte ihr das. Sie lächelte mich nur an. Weil sie mir keine Antwort gab, stupste ich sie leicht in die Seite, und sie kippte um. Plötzlich wusste ich, dass sie verstorben war!

„Oh mein Gott!" Ich rannte aus der Wohnung und rief die Polizei an. Am nächsten Tag las ich in der

Zeitung, dass sich schon wieder eine deutsche Frau den goldenen Schuss gegeben hatte. Punkt aus!
Ob ich auch mal so enden werde? Das fragte ich mich fast jeden Tag...

*

Ich hab mir angewöhnt, auf meinen Wegen durch die Stadt immer die Hand in der Umhängetasche an der Tränengas-Flasche zu lassen.
Einmal kamen drei Typen auf mich zu, die mit Messern vor mir rumfuchtelten.
„Tasche!"
„Was wollt ihr? Meine Tasche?"
„Ja, mach kein' Scheiß!"
Ich schaue dem Wortführer fest in die Augen und sage langsam:
„pass mal auf, ich hab nur ein Problem. Ich hab da was in der Hand, das macht euch ein großes Loch in den Bauch!"

Wir stehen uns gegenüber. Die Spannung ist unerträglich. Ich bin eine einzige Adrenalinbombe.
„Los, Leute, wir ziehen ab!"
Die Typen machen sich aus dem Staub und verschwinden hinter der nächsten Hausecke. In dem Moment merke ich, dass ich vor Angst in die Hose gemacht hatte. Aber ich lebe noch.

Stell dir vor, ich komm ohne Geld zu meinem Zuhälter zurück. Da ist wieder eine Vergewaltigung drin – und erfahrungsgemäß noch viel mehr...

Eines Nachts nach der Arbeit parkte ich mein Auto in der Tiefgarage unseres Hochhauses. Als ich zum Aufzug kam und rein ging kam plötzlich eine Person, riss die Tür auf und hielt sie mit seinem Po offen. Ich wusste gleich: Gefahr! Grüner Parka, Jeans, schwarze Mütze als Maske mit Augenlöchern und Mundschlitzen. Er hielt in seiner Hand ein großes Messer und gab mir Zeichen raus zu kommen.

Ich hatte den Knopf im Aufzug schon gedrückt, holte meine Hand, in der ich das Tränengas hielt, aus der Tasche und sprühte die ganze Flasche in seine Richtung. Er schrie auf und flüchtete. Die Tür ging zu und ich war drin mit dem ganzen Tränengas in der Luft!

Oh mein Gott, das hat gebrannt wie Feuer! Ich hörte, wie der Aufzug los fuhr und versuchte, mich so gut es ging zu schützen. Als ich in meiner Wohnung ankam, riss mir Ricardo die Kleider vom Leib und stellte mich unter die Dusche. Danach riefen wir die Polizei und meldeten den Überfall.

Nach drei Monaten musste ich zu einer Gegenüberstellung und es stellte sich heraus, dass dieser Mann schon über 30 Frauen in diesem Stadtteil überfallen hatte. Alle Frauen waren ungefähr in meinem Alter. Er hatte sie vergewaltigt und ausgeraubt. Als ich das hörte, war ich sehr froh, dass ich davon gekommen bin und dass er gefasst war!

Ich will nicht mehr – das bin ich nicht – das ist nicht mein Leben! Aber ich muss. Ich spüre nur noch Wut, Ekel und sehr viel Angst! Es ist ein Dreckgeschäft. Geld, Drogen, Macht, Ausbeutung, Perversion. Und ich finde keinen Weg nach draußen in die Freiheit, die ich früher mal so geliebt habe!

Ein gefährlicher Zuhälter ist mein nächster Kunde. Er ist Clubbesitzer und will testen, ob ich „gut" bin. Die ganze Nacht lang hat er mich genommen. Und dann hat er nicht bezahlt.

Ich hab es Ricardo erzählt. Der ist extrem sauer geworden. Dann hat er ein Einmachglas genommen, Benzin reingefüllt und seine illegale Waffe mitgenommen. Gemeinsam sind wir in den Club gegangen. Ricardo hat den Zuhälter gepackt und geschüttelt:
„niemand nimmt sich meine Frau für nichts – Niemand hat das Recht, meine Frau zu ficken, ohne zu bezahlen! Ich bring dich um und jage deinen Scheißladen in die Luft!" Dabei hat er mit seinem Feuerzeug rumgefuchtelt, dass mir Angst und Bange wurde. Der Clubbesitzer hat sofort bezahlt.

Sonya in Amsterdam

Das Jugendamt hat mich gefunden. Sie haben erfahren, dass ich „gut verdiene" und wollen Unterhalt eintreiben. Ich habe keine Ahnung, wo Sonya ist und habe ihren Papa angerufen.
„Sie ist in Malaysia", hat er gesagt.

Ich konnte es nicht fassen! Entsetzt habe ich meinen Bruder angerufen.
"Sonya ist bei mir in Waldkirch. Es geht ihr gut, und er bekommt Unterhalt vom Jugendamt."
"Ich weiß. Den wollen sie jetzt bei mir holen. Dann will ich Sonya bei mir haben."
"Das geht nicht, Maria. Du lebst so chaotisch. Hier hat sie gute Familienverhältnisse. Sonya braucht Ruhe."

Ich habe es Ricardo gesagt. In solchen Dingen ist er wie ausgewechselt. Er hat mich sofort ins Auto gepackt, und wir sind zu Martin nach Waldkirch gefahren. Ich war so glücklich, Sonya wieder zu sehen. Sieben Jahre alt war sie, und sie hat sehr gut ausgesehen. Einen halben Tag habe ich mit ihr gespielt. Dann habe ich gesagt:
"ich nehme sie mit mir nach Holland!"
"Du kannst sie nicht einfach mitnehmen!", hat Martin abgewehrt.
"Doch, wenn ihr Papa sie hier abliefern kann, darf ich sie auch mit nach Holland nehmen!"
Ricardo ist auf meiner Seite:
"hast du einen Ausweis für Maria?", fragt er. "Sobald das Kind in Holland ist, hast du gewonnen. In Holland gehört das Kind zur Mutter."

Wir sind mit dem Auto nach Amsterdam gefahren. Solange Sonya bei mir war, musste ich nicht anschaffen gehen. Sie hatte ein schönes, gemütliches Mädchenzimmer mit Spiegel und Spielsachen, und wir haben viele unterhaltsame Dinge zusammen unternommen.

Sonya ist sehr dominant. Auf dem Spielplatz hat sie versucht, die anderen auf deutsch herum zu kommandieren. Die haben sie natürlich nicht verstanden und haben ihr nicht gehorcht. Das hat ihr überhaupt nicht gefallen, und sie wollte nicht mehr zum Spielplatz gehen.

Nach drei Tagen rief ihr Papa an. Er hatte versucht, Sonya in Waldkirch anzurufen, und jetzt bearbeitete er sie, dass sie wieder zu ihm kommen sollte. Klar, sie war neu hier, sie hatte keine Freunde – wie auch, in drei Tagen. Seine Argumentationskette schien kein Ende zu nehmen, und schließlich hat sein Einfluss gesiegt.
„Also gut, Papa, dann komm ich halt wieder zu dir."
„Gib mir mal die Mama", meinte er. Ich schaltete den Lautsprecher ein, damit Ricardo mithören konnte.

Er drohte, Sonya notfalls mit Gewalt von uns wegzunehmen und kündigte an, dass er morgen mit seiner Pistole kommen wolle. Ricardo ließ sich provozieren:
„dann komm nur, ich wart auch mit meiner Pistole auf dich!"

Oh – oh! Einer wird sterben, wie soll ich das der Sonya sagen? Um des lieben Friedens willen habe ich aufgegeben: „also gut, sie kommt wieder zu dir. Aber pass auf, es kommt der Tag, an dem das Kind volljährig ist und selbst entscheiden kann, wo es sein will. Dann bist du ein einsamer Mann!"

Pflegefamilie

Er hat Sonya von mir weggenommen und sie zu einer Pflegefamilie gebracht. Sonyas katastrophale Situation war mir nicht bewusst, und von Holland und meiner eigenen Lage aus hatte ich keine Möglichkeit, das zu überprüfen und ihr zu helfen.

Die Familie hatte neun Kinder. Primär ging es ums Kindergeld. Sonya musste immer zurückstecken und wurde für alles bestraft, was schief ging. Die Mutter war Deutsche, der Vater Indonesier. Beide waren Alkoholiker. Ihre ganze Schulzeit lang musste Sonya dort hin. Am Wochenende war sie bei Papa. Für Sonya war das sehr grausam!

Mein Leben war gelaufen. Ich musste wieder anschaffen gehen, und alles war genau so schlimm wie vorher.

Die Befreiung

Eine Kollegin läuft mit wahnsinnig langen, stabilen Fingernägeln durch die Gegend! Was auch immer man damit anstellt – die brechen einfach nicht ab! Ich finde das extrem cool, und sie empfiehlt mir, zu Irene und ihrem Mann zu gehen.

Die Nägel sind der absolute Hammer! Bei SM-Aktionen im Club kann ich kratzen wie keine Andere! Auch das Nagelstudio ist genial, aber das Gespräch während der Behandlung ist ziemlich in die Hose gegangen. Offiziell sind die beiden Geschäftsleute, inkognito sind sie aber als Missionare im Namen von Jesus unterwegs, um uns arme Prostituierte aus der Gosse zu holen. Irene ist die Erfinderin der künstlichen Nägel der Neuzeit. Zugegeben – eine geniale Geschäftsidee, aber ich hab der Irene gesagt, dass sie mich mit dem Jesus-Gerede und dem ganzen Scheiß in Ruhe lassen soll!

In den darauf folgenden Wochen habe ich viel nachgedacht, und ich hatte eine Menge Fragen an Irene, als die Nägel endlich rausgewachsen sind und ich wieder zu ihr ging.

„Warum lässt Gott das alles zu?", fragte ich sie. Keine Ahnung, warum, aber mit der Zeit gewöhnte ich mich an die beiden und all die Dinge, die sie sagten. Bald waren sie mir richtig ans Herz gewachsen, und ich freute mich auf die Besuche im Studio.

Sie waren die Geduld in Person. Nie bedrängten sie mich. Ich fühlte mich von ihnen bedingungslos geliebt. Seit langem waren sie die ersten Menschen, von denen ich keine Verachtung und keinen Spott zu spüren bekam. Statt mich als Nutte zu bezeichnen haben sie mein Herz erobert. Dort fühlte ich mich als Mensch. Zum allerersten Mal sah ich wieder Licht.

Das Nagelstudio wurde meine Heimat. Hier fühlte ich Geborgenheit und Normalität. Irene hat mir angeboten, selbst zu lernen, wie man Nägel macht. Irgendwann war ich soweit. Ricardo hat die Idee belächelt, aber er hat mir den Wochenend-Kurs nicht verboten. Dass ich Nägel machen konnte, stärkte mein Selbstwertgefühl enorm. Aber sobald die Kunden mich wieder erniedrigten, fühlte ich mich weniger wert als ein Stück Scheiße.

*

Ich stehe auf dem Balkongeländer. Es ist mir bitterernst! Ich hab alles, was ich an Drogen gefunden habe, reingehauen. Der Kopf ist leer wie sonst nie. Ich schwanke, kann mich nicht mehr halten, dann versagen mir die Beine. Ich stürze. Vor meinen Augen wird es schwarz.

*

Ricardo hat mich gefunden. Ich muss schrecklich ausgesehen haben. Stundenlang hatte ich in meinem eigenen Kot gelegen. Statt in die Tiefe bin ich zurück auf den Balkon gefallen und war bewusstlos gewesen. Heute denke ich, dass Legionen von Engeln mich zurückgehalten haben.

Damals dachte ich anders. Verächtlich schaute mich Ricardo an und schickte mich in die Dusche. „Beeil dich, wir können uns im Escort keine Ausfälle leisten!", war sein einziger Kommentar. Als ich wieder einigermaßen menschlich aussah, bekam ich den Piepser und die Adresse des Hotels, in dem mein Kunde wartete.

„Ich kann da jetzt nicht hin!"
„Mach schon, du bist spät dran!"
„Nee, ich hab mir drei Nägel abgebrochen. So kann ich nicht arbeiten. Lass dir was einfallen!"
Ricardo war extrem sauer, aber mein Argument schien ihn zu überzeugen.

Ein unbeschreiblich heiliger Augenblick

Irene hat geweint, als sie mich so gesehen hat. Ein Häufchen Unglück, trotz Dusche und Schminke. Irene lässt sich von Äußerlichkeiten nicht ablenken. Sie hat mir tief in die Augen geschaut und gesagt:
„Schatz, du brauchst Jesus!"
„Okay, was muss ich dafür tun, und was kostet mich das?"
Ich kannte es nicht anders, für alles musst du was tun und auch bezahlen.

Gemeinsam mit ihrem Mann sind wir in ihr Lager gegangen. Dort hat er mir – vom Geist geleitet – ein Übergabegebet vorgesprochen, und ich habe es nachgesprochen. Plötzlich ist etwas mit mir passiert. Mir wurde heiß und kalt. Eine Gänsehaut überlief mich, aus der das Wasser kam. Zuerst dachte ich, dass es die Wirkung der Drogen war, aber diesmal war es anders. Er sprach weiter.

„Mit seinem Blut hat er dich rein gewaschen... ich glaube, dass du für meine Sünden gestorben bist, ich glaube..."

Wie in Trance sprach ich seine Worte nach.

Dann hat er mir die Hände aufgelegt, und ich habe den Heiligen Geist empfangen. Es war unbeschreiblich! Ich habe gleichzeitig gelacht und geweint – alles kam raus, eine atemberaubende Reinigung, eine erlösende Befreiung. Schwitzen, Frieren, Lachen und Weinen dauerten so ungefähr 15 Minuten.

Im Kampf zwischen heiligen und teuflischen Geistern wurden die dämonischen Kräfte ausgetrieben. Es war DAS Schlüsselerlebnis in meinem Leben! Die Gegenwart Gottes hat mich so stark gepackt, dass ich das Gefühl hatte, tot und in seinem Reich zu sein. Der Fluch war von mir genommen! Voller Mut und Zuversicht lachte ich die beiden an.
Das war an einem Samstag.
„Wenn du magst, kannst du am Dienstag bei uns anfangen, Nägel zu machen", schlug Irene vor.

Auf dem Heimweg habe ich gebetet. Naja, es war eher eine Provokation.
„Vater, ich hab eine Chance auf einen Neuanfang. Etwas Großartiges, das die Lösung für all meine Probleme sein könnte! Ich hab eine neue Perspektive, weißt du, was mir das bedeutet?!
In den nächsten Stunden wird sich entscheiden, wer der Stärkere ist. Ich habe meine Entscheidung getroffen, Christin zu sein. Jetzt kannst du mit dem Teufel streiten, wer mich bekommt. Okay, die vom Nagelstudio sagen, du bist in meinem Herzen. Mach

dich schön breit. Ich brauche deine Kraft. Wenn ich nach Hause komme und Ricardo sage, dass ich nicht weiter anschaffen gehe, vergewaltigt er mich oder bringt mich um – oder beides. Wenn Ricardo gewinnt – der für mich reale Körper – mach ich alles, was er will, bis ich tot bin. Und ich sag dir noch was: wer diesen Kampf gewinnt, dem gebe ich mein Leben!"

In Gottes Händen

Ricardo ist extrem sauer. Er tippt mit dem Finger auf die Uhr und will mich dumm anmachen wegen meiner drei – immer noch abgebrochenen – Nägel. Ich schaue ihm fest in die Augen. Die Angst ist weg, der Dämon verschwunden.

„Pass auf, ich war im Nagelstudio, und ich bin Christ geworden.", sage ich. „Ich geh nicht mehr anschaffen, ich schlafe nicht mehr mit fremden Männern, nur noch mit dir, weil wir verheiratet sind!"

Ich bin bereit zu sterben. Ricardo wird weiß vor Wut. Er packt eine Scherbe mit Kokain. Blitzschnell schlage ich sie ihm aus der Hand. Ich habe die Kraft dazu! Er ist wie gelähmt. Ich bin geschützt wie von Panzerglas. Wie gebannt schaut er mich einfach nur an. Dann dreht er sich langsam um. Meine Hose ist nass. Wieder hab ich sie vollgepinkelt vor Erleichterung! Oh mein Gott, ich lebe noch, oh, wie sicher war ich mir gewesen, dass er mich absticht wenn er merkt, dass er keine Gewalt über mich hat!

✷

Drei Tage und Nächte war Ricardo weg. Meine göttliche Erfahrung war das größte geistige Erlebnis, das ich je hatte! Jesus ist mein Erretter! Ich habe ihn wirklich gespürt. Ich bin erfüllt von unsagbarer Freude, bin angekommen am Ziel meiner Suche nach Geborgenheit und gleichzeitig innerer Freiheit! Mein Körper ist wie ein Haus, das Herz ist das Wohnzimmer. Der Teufel klopft an, aber das Wohnzimmer ist besetzt.

Es war überwältigend! Gott hat nicht zugelassen, dass mich der Mann nochmal angefasst hat. Stattdessen hat er sich mit Sex-Parties im Wohnzimmer abgelenkt. Ungerührt habe ich zur gleichen Zeit im Schlafzimmer in der Bibel gelesen. Ich war hungrig zu erfahren, wer mein Retter wirklich war. Wer lebt da in mir? Ich lernte ihn kennen wie eine neue Liebe, habe seine Worte verschlungen. Immer mehr Fragen tauchten auf: wie hat er gesprochen, wie reagiert? Dann habe ich das Alte Testament gelesen.

Nach einer seiner Parties kam Ricardo ins Bett und fragte:
„was liest du denn da?"
Ich hab ihm die Geschichten erzählt – mit meiner lebhaften Art – und er war wie gebannt:
„warst du im Kino? Das ist eher wie ein Action-Film, das kann nicht aus der Bibel sein!"

Der Drogenentzug war nicht so schwer, wie ich dachte. Auch hier war ich reich gesegnet. Ein Jahr, nachdem mich Ricardo zur Prostituierten gemacht hat, war ich frei von diesem vernichtenden Fluch! Er hat immer wieder versucht, mich anzufassen. Mir war das unangenehm; ich wollte weg aus diesem Milieu. Ich hatte ihn unter falschen Bedingungen geheiratet. Jetzt war alles anders. Meine Entwicklung ging mit Riesenschritten voran.

Überm Nagelstudio waren Wohneinheiten, wo ich hingezogen bin. Ricardo und ich waren zwar häuslich getrennt, aber er hat sich für die Bibel interessiert, weil er meine Wandlung und das Wunder meines Entzugs miterlebt hat.
Kurze Zeit später hat er auch Jesus angenommen!

Dann hat Ricardo die Ausbildung im Nagelstudio gemacht und hat ernsthaft begonnen, damit zu arbeiten. Wie ein Seelsorger ist er regelmäßig ins Gefängnis gegangen, um den Gefangenen von Jesus zu erzählen. Einige Zeit später hat er auch die Zuhälterei aufgegeben. Da war ich aber schon über alle Berge...

✻

Mein nächstes Arbeitsfeld war wieder das Rotlicht-Milieu, aber von einer ganz anderen Perspektive. Ich hab meine Mädels getroffen, ihnen vom Nagelstudio, von Jesus und von meiner Wandlung erzählt. Und davon, dass auch sie die Hoffnung auf ein besseres, selbstbestimmtes Leben haben.

Meine erste Woche im Nagelstudio war eher ruhig. Ich habe Kaffee serviert, Spiegel geputzt, die Nägel der Kunden vorbereitet (schleifen, lackieren etc.). Die „normalen" Leute haben mich schräg angeschaut, weil ich keine Zivilklamotten hatte und in Sexy-Kleidern und HighHeels rumgelaufen bin. Alles war neu für mich. Ich probierte mich aus, war rebellisch und stolz.

Irene ist eine Frau der Tat. Sie hat eine Box rumgegeben und Trinkgeld gesammelt. Dann ist sie mit mir einkaufen gegangen. Nach so langer Zeit wieder in bequemem Pullover, in Jeans und mit Turnschuhen rumzulaufen, war schon komisch. Ich fühlte mich wie ein Trampel aus einem Comedy-Film.

Meine Gebete sind erhört worden. Gott hat aus einer Edelnutte eine normale Frau gemacht! Wie sehr spürte ich die Liebe der Menschen, weil ich Hilfe durch alle Anwesenden bekam.

Drei Monate ging ich in die Bibelschule in Den Haag. In meiner Freizeit bin ich an den Strand gegangen und habe Zettel verteilt, auf denen die Zeiten der Bibelstunden standen. Einmal hat eine der Prostituierten mir ins Gesicht gespuckt. Im Affekt habe ich die freie Hand erhoben, um sie zu schlagen. In dem Moment, in dem ich die Faust oben hatte, haben die Leute aufgehört zu singen. Wie von einer fremden Macht geführt, senkte sich meine Faust.

„Ist ok, nimm das trotzdem mit.", sagte ich ruhig.
„Ich les das auf der Toilette!", meinte die Prostituierte gereizt.
„Ist gut, Schatz", antwortete ich. „Ich les' die Bibel auch auf der Toilette."

Zwei Monate später sind die Mädels Christen geworden und sind auch in die Bibelschule gegangen. Es war ergreifend, ihre Wandlung mitzuerleben. Sie haben – wie ich – gelernt, Geister zu unterscheiden und böse Geister „wegzubeten."

✹

Nach einem Jahr Schulung habe ich zum Harten Kern gehört. Ausgewählte Leute aus dem Team haben verschiedene europäische Städte besucht. Zum ersten Mal hab ich in Hamburg einen eigenen Acrylnagel-Kurs gegeben. Das war der allererste Acrylnagel-Kurs in Deutschland. Jedes Wochenende waren wir in anderen Städten in Europa, haben Spezialtrainings gemacht und großartige Pionierarbeit geleistet.

Sonya war zehn Jahre alt. Sie durfte bei einem der Kurse dabei sein, und das hat mich wahnsinnig gefreut! Wir haben im Hotel übernachtet. Es war ein Crash-Kurs: erster Tag Theorie, Acryl auf Plastik. Am Montag haben die Schüler ein Modell mitgebracht, dem sie Nägel gemacht haben. Das war eine richtige Prüfung, und die Schüler haben auch ein Diplom bekommen.

Das interessierte Sonya alles sehr, und sie war mächtig stolz, dabei zu sein. Sie hat das Mikrofon genommen:
„ich bin die Sonya – und das ist meine Mama, und wenn ich mal groß bin, mache ich auch Nägel!"

Eine Teilnehmerin war Striptänzerin auf der Reeperbahn. Linda war Brasilianerin, Mulattin. Wenn sie nicht tanzte, beschäftigte sie sich intensiv mit Macumba, einer Schwarzen Magie. Also, Linda hat mal nebenbei bemerkt, dass es in Brasilien sowas wie Acrylnägel nicht gäbe. In diesem kurzen Augenblick ist mein langgehegter Traum erwacht, und ich erinnerte mich an das Versprechen, das ich mir, der Luft und dem Meer in der Copacabana einst gegeben hatte:
„*mit dir oder ohne dich – einmal werde ich an der Copacabana leben!*"

✳

Man sagt ja, dass extreme Emotionen Wege ebnen. Wie es das Schicksal so will, kam ich in der Mittagspause an einem Plakat vorbei, auf dem stand: Amsterdam – Casablanca – Rio hin- und zurück, 1 Jahr Gültigkeit für 950 Gulden. Spontan wie ich bin kaufte ich auf der Stelle das Ticket. Ich hatte wieder diesen gesunden Hunger nach Freiheit und Lebenslust!

Im Nagelstudio verkündete ich:
„Irene, ich bring die Acrylnägel nach Brasilien!"
Das schlug ein wie ein Blitz.

Irene sah ihre Aufgabe darin, Mädels ein Sprungbrett in ein selbstbestimmtes Leben zu bieten. Ihre große Liebe und ihr hingebunsvoller Einsatz haben mir das Leben gerettet! Mehr noch, sie und ihr Mann haben mir Jesus und seine unermessliche Liebe gezeigt, die mich mein weiteres Leben begleiten werden. Einerseits war Irene froh, mich so kraftvoll zu erleben, andererseits war sie etwas wehmütig.
„Schatz, du bist noch nicht so weit", sagte sie. Aber ich fühlte meinen angeborenen Unternehmergeist und der drängte mich, alles vorzubereiten.

✷

Ich bin ein kurzentschlossener Mensch. Wenn ich mich entschieden habe, juckt mich jede vergeudete Minute. Das machte mich ziemlich verrückt, aber ich habe trotzdem noch vier Wochen mit Nagelmodellage durchgehalten. Bald merkten wir alle, dass die Zeit gekommen war.

Irene hat eine tolle Abschiedsparty für mich gegeben. Sie hat mir eine Tasse voller Süßigkeiten geschenkt, auf der stand: „ich hab dich immer lieb!" Ich habe ihr mehr zu verdanken als ich ausdrücken kann. Vor allem hat sie mir unendlich viel Liebe mitgegeben. Wirkliche, echte, göttliche Liebe. Eine Liebe die ich nur als Kind von meinem Papa gespürt habe, eine Liebe die mich aus der Gosse geholt hat und mich wieder wertvoll machte.
Oh mein Gott, jetzt weiß ich: DU hast mich nie verlassen!

Vor der Abreise wurde mein Herz doch schwer: ich musste meine beiden persönlichen Bekehrten, die zwei Mädels aus dem Rotlicht-Milieu, zurücklassen. Aber sie würden ihren Weg schon machen.

Ich hatte drei ganz große Argumente, auszuwandern.
Erstens mein Ziel »Eines Tages, mit dir oder ohne dich, werde ich an der Copacabana leben!«
Zweitens: Lindas Worte „in Brasilien gibt es keine Acrylnägel" gingen mir nicht mehr aus dem Sinn.
Und drittens wollte ich den Brasilianern etwas geben, was sie noch nicht hatten.

✻

Nach fünf Jahren Holland ging ich nach Brasilien, um meinen Lebenstraum zu erfüllen.

Mein Wunsch, mein Ziel, mein Leben. Ja, ich bin nicht „normal". Mit meinen vielen Ecken und Kanten passe ich in keine Schublade, und ich bin offen für jede Chance, jede richtig gute Idee. Mir ist egal, ob die Leute mich anlachen oder auslachen. Hauptsache, sie lachen.

Wo immer ich arbeite geht es mir um den Menschen. Jesus hat für den MENSCHEN gelitten, ist für ihn gestorben. Im Verhältnis dazu kann ich wenig tun, aber das mache ich von ganzem Herzen!

2. Teil: die große Freiheit – ich gehe mit Gott

Meine Reise nach Brasilien

So, der Zeitpunkt passt. Zu verlieren habe ich nichts, schließlich trage ich Jesus in meinem Herzen, und den kann mir keiner wegnehmen.

Also fliege ich mit zwei Koffern und Handtäschchen zuerst nach Afrika, genau gesagt, nach Casablanca. Da haben wir einen Tag Aufenthalt in einem Hotel.

Dieser 23. Mai 1986 war ziemlich heiß. Am Abend schloss ich mich den anderen Fluggästen an und wir gingen in die Stadt. Bald bemerkten wir, dass Ramadan war. Man muss sich das mal vorstellen: eine deutsche Frau im besten Alter, schlank, blonde lange Lockenmähne und mit einem strahlenden Lächeln. Eine Vollblutchristin; egal wo ich war hatte ich dieses Siegeslächeln in meinem Gesicht und war bereit, jedem von meinem Freund Jesus zu erzählen. Manchmal war mir sogar egal, ob sie das hören wollten oder nicht. Ich war begeistert und mir war null bewusst, welches Risiko ich einging. Schließlich hat ja jeder das Recht, die Wahrheit zu erfahren – ob er will oder nicht – und jeder kann dann damit machen was er will. Ich wollte es einfach nicht versäumen, jedem eine Chance zu geben. Schließlich hatte ich die auch bekommen. Und damals war das bei mir auch so, ob ich wollte oder nicht.

Also, ihr könnt euch vorstellen, wie ich da durch die Stadt stolziert bin und jedem ein sonniges Lächeln geschenkt habe. Allen hab ich geradewegs in die Augen geschaut und hab mich gewundert, warum das gar nicht gut ankam. Die meisten Männer haben wie vom Blitz getroffen irgendwo anders hin geguckt, viele Frauen warfen mir böse Blicke zu oder sahen betreten zur Seite. Ich verstand die Welt nicht mehr, was meine neue Lebensfreude aber absolut nicht trübte.

Wir sind dann in ein Restaurant gegangen, bekamen auch was zu essen und zu trinken, nur mit der Freundlichkeit sah es nicht so rosig aus. Die Blicke auf der Straße gefielen mir ganz und gar nicht, und ich hätte mal besser ein Kopftuch übergezogen.

Im Hotel fühlte ich mich schon sicherer als in der Stadt, und das Personal war auch freundlicher.

✻

Am nächsten Tag ging es dann weiter. Der Flug war lang aber toll. Ich genoss es richtig! Klar, ich bin doch eine richtige Abenteuerin. Mein ganzes Leben zog wie ein Film an mir vorbei: ich, das Schwarzwaldmädel, Försters Kind, Papas Prinzessin auf der Reise in die weite Welt. Endlich hatte ich es geschafft, ganz alleine im Flugzeug in ein Abenteuer zu reisen. Im Gepäck nur meine Kleider, ein paar Produkte für die Nägel, mein Pass und das Ticket für den Hin- und Rückflug, gültig für ein Jahr. Ach ja, für den Notfall hatte ich auch noch Schmuck und Dollars dabei.

»Oh, mein Gott«, dachte ich dankbar und fühlte mich sehr geborgen. Ja, meinen Gott hatte ich dabei, und für mich war er das Allerwichtigste. Er war mein ständiger Begleiter. Schließlich hatte ich ja eine ganz persönliche Offenbarung gehabt, ich solle nach Brasilien und den Menschen das Nagelgeschäft bringen. Die Chance dieser Marktlücke wollte ich einfach nutzen!

Angst hatte ich nicht. Zu viel hatte ich schon mitgemacht, und schlimmer konnte es ja wohl nicht werden. Mein Leben war sowieso in Gottes Hand. Er allein entscheidet, wann ich zu ihm nach Hause komme, und sonst niemand!

Ich genoss den Flug mit Essen und Video schauen. Die meiste Zeit habe ich geschlafen, weil ich keine Ahnung hatte, wie lange es dauern würde, bis ich ein Bett gefunden hatte. Im Notfall müsste ich halt erstmal in ein Hotel, aber nur wenn es gar nicht anders ging!

Endlich, Rio de Janeiro! Schon jetzt liebte ich diese Stadt, war noch nicht mal dort, nur am Flughafen, am Zoll. Ich kam auch problemlos als Touristin rein, hatte ja auch mein Rückflugticket in der Hand.

Mein erster Tag in Rio

Ein Bruder von einem guten Freund aus Hamburg holte mich vom Flughafen ab und sollte mich an die Copacabana bringen. Dort wollte ich in einem Maklerbüro „Wohnen auf Zeit" erst mal eine Bleibe finden.

Plötzlich biegt der Typ von der Landstraße ab und hält vor einem Motel.
„Was soll das?", frage ich und ahne Böses.
„Wenn du so nett wärst, mit mir ins Motel zu gehen... schließlich bin ich ja auch so nett und bringe dich, wohin du willst."
Ich knalle ihm eine, dass ihm Hören und Sehen vergeht. Bevor er kapiert, was Sache ist, hole ich meine Koffer aus dem Kofferraum. Er hält sich die Backe, gibt Gas und verschwindet hinter der nächsten Biegung. Mutterseelenalleine stehe ich auf der Landstraße, zittere vor Wut. Alles, aber nicht das! Ich reise nicht nach Brasilien, um wieder in der Hölle zu landen!

Lange muss ich nicht laufen. Der Junge kommt zurück und entschuldigt sich. Sein Bruder hätte ihm ordentlich Dampf gemacht, wenn er davon erfahren hätte!

Fünf Stunden später habe ich eine Wohnung. Allerdings muss ich die WG noch einen Monat lang mit den Vormietern teilen. Es sind drei Prostituierte. Das lässt sich gut organisieren. Sie schlafen tagsüber im Schlafzimmer, während ich im Wohnzimmer die Nägel mache. Und nachts sind sie weg, dann habe ich das Schlafzimmer für mich.

Der Typ bringt mich also in die Wohnung. Mit Händen und Füßen versuche ich, mich mit den drei Mieterinnen zu verständigen, als mich plötzlich ein dummes Gefühl drängt, mich umzudrehen. Da sehe ich, wie der Typ in meine Handtasche fasst, um mir meine Dollars zu klauen! Und wieder kriegt er eine geschossen! Diesmal langt es ihm endgültig, und er sucht das Weite.

Meine drei Mitbewohnerinnen waren meine ersten Kundinnen in Brasilien. Kostenlos. Es gibt kaum eine bessere Werbung für eine Gestrandete mit Fachkenntnis, aber ohne Arbeitserlaubnis. Die drei liefen für mich Reklame. Ich zahlte übrigens die gesamte Miete für unsere Vierer-WG. Trotzdem hatte ich immer genug Geld zum Leben und Essen.

Draußen waren es 45 Grad im Schatten, und die Wohnung hatte keine Klimaanlage. Sobald ich nach Hause kam, habe ich geduscht und kaum abgetrocknet, war ich schon wieder verschwitzt. Das Meerwasser war herrlich erfrischend, aber dreißig Minuten am Strand und ich hatte einen Sonnenbrand. Abkühlung gab es hier kaum. In der Dusche und an den Waschbecken gab es nur einen Wasserhahn, und aus dem kam immer brühwarmes Wasser.

Wie vereinbart zogen die drei Mädels vier Wochen später aus.

Es war schön. Morgens lief ich am Strand entlang, das Meer zu meiner Linken. Den Rückweg brachte ich schwimmend hinter mich und hatte so täglich mein Fitnessprogramm. Einmal stolperte ich über etwas Hartes. Es hat erbärmlich gestunken, eine halb verweste Männerleiche, flüchtig in den Sand eingegraben. Später hieß es, der Mann sei mit einer Prostituierten an den Strand gegangen und hatte vergessen zu bezahlen. Der Zuhälter hatte ihn dann kurzerhand erschossen.

Ein andermal warnte ich einige Touristen, die auf den Straßen von Rio ihren Goldschmuck trugen, als seien sie auf einer Präsidentenparty. Ich sagte den Leuten, dass die Straßenkinder den Schmuck nicht als Gold, sondern als Reis und Bohnen für ihre Familie sehen, und dass der Hunger den Armen jede Angst nimmt. Die Touristen lachten mich aus: „das sind doch nur Straßenjungs, was können die uns schon anhaben?" Sie wollten sich von mir ihren Urlaub nicht vermiesen lassen und gingen kopfschüttelnd weiter. Kurze Zeit später wurden sie am helllichten Tag auf offener Straße erstochen.

Ja, Rio ist ein gefährliches Pflaster. Man muss ständig auf der Hut sein, die Umgebung dauernd im Auge behalten, auf jeden Mucks reagieren. Je nach Lage blitzschnell, oder man stellt sich tot, bleibt unauffällig. Als „Orange", wie die Brasilianer die Gringos nennen, war mir das nicht klar. Für mich war alles ein grenzenlos interessantes Abenteuer.

Ich bin ziemlich stolz auf mich. In nur drei Monaten habe ich das Verrückte geschafft. Arbeit und Wohnung gefunden ohne portugiesisch zu sprechen, mich jeder Herausforderung erfolgreich gestellt. Ich fühle mich reich gesegnet. „Danke, Gott", sage ich immer wieder und bei jeder Gelegenheit. Jetzt kann mich nichts mehr erschüttern!

Ich kann nicht tiefer fallen als in Gottes Hände

Eines Abends steht meine Wohnungstür offen. Das Schloss fehlt. Die Wohnung ist – wie soll ich sagen – grund-gereinigt. Alles, wirklich alles, ist ausgeräumt. Nur mein Koffer, mein Pass und das Ticket sind noch da. Na ja, wenigstens lebe ich noch. Aber ich stehe vor dem Nichts.

Weil ich keine Miete mehr bezahlen kann, fliege ich aus der Wohnung. Stehe allein an der Copacabana, wohin ich immer wollte. Mit einem Wortschatz, kaum reicher als „Ja" und „nein". Mein Traum ist zum Albtraum geworden.

Am Strand setze ich mich auf eine Bank und bete. Zugegeben, ich debattiere. In Deutschland war da das sichere Gefühl, dass ich hier her kommen sollte. Und jetzt? Was soll das alles? Die Antwort trifft

mich:
„gib ihnen das, was sie nicht haben".
„Ja, die Nägel! Wer braucht jetzt schon künstliche Nägel! Ich traue mich nicht mal aufs Klo, weil sonst der Koffer weg ist!"
Doch immer wieder klingt der Satz in meinem Herzen: „gib den Menschen, was sie nicht haben!"
„Die Nägel, das hatten wir gerade. Sonst hab ich doch nichts anzubieten. Oder doch? Genau, richtig! Meine deutsche Sprache! Oh mein Gott, ich bin doch keine Lehrerin!"

Die Copacabana schläft nie. Ich auch nicht. Wenn es doch passiert, bin ich verloren. Die Organmafia sucht überall nach potenziellen Opfern, und auch andere Leute sind nicht gerade zimperlich mit einer Frau, die allein am Strand sitzt. Todesangst lässt mich bei jedem Geräusch zusammenfahren. Ich bete laut, weine, schreie mein Schicksal über das Meer. Irgendwann werde ich ruhiger und kauere mich auf meiner Steinbank zusammen.

Noch mehr kann man mir nicht weg nehmen. Doch, außer meinem Leben ist mir noch meine Handtasche mit allen Ausweispapieren, dem Pass und meinem Ticket geblieben. Die Hintertüre zurück nach Deutschland. Mein Entschluss steht fest. Im Morgengrauen werde ich zu Fuß Richtung Flugplatz gehen. Jetzt habe ich viel Zeit, und irgendwann komme ich dort an. Dann ist der Rückflug ein Leichtes.

Der Mensch denkt, und Gott lenkt. Im Morgengrauen, auf meinem Weg an der Copacabana Richtung Flughafen, höre ich plötzlich eine begeisterte Stimme:
„mea Professora!" Es ist Linda, die Striptänzerin von der Reeperbahn. Wie klein doch die Welt ist! Von dem Geld, das sie damals verdient hatte, hat sie sich hier auf der Copacabana ein 3-Zimmer-Appartment gekauft. Und genau dort hin bringt sie mich. Nachdem ich geduscht habe, breitet sie ein ganzes Arsenal von Lippenstiften vor mir aus und meint:
„in Rio musst du Lippenstift tragen, so nackert geht gar nicht!" Ich erfahre, dass sie mit ihrem Freund geschäftlich in Afrika gewesen war und plötzlich das Gefühl gehabt hatte, nach Rio zu müssen. Dann habe sie mich getroffen, und jetzt wisse sie, dass doch alles im Leben einen Sinn macht.
„Ich fliege zurück nach Afrika. Bleib im Appartment, so lange du willst."
Ich bin absolut platt! So also werden meine Gebete erhört? Wie gerne nehme ich ihr Angebot an! Und ich danke Gott für diese geniale zweite Chance!

„Wenn du denkst es geht nicht mehr, kommt irgendwo ein Lichtlein her", hat meine Oma immer gesagt. Linda ist gleich ein ganzes Feuerwerk. Heller und farbenfroher hätte sie mein Leben gar nicht machen können.

So gehe ich also mit neuem Mut ans Werk. Zuerst klappere ich alle Hotels ab.
„Do you speak English?" Wenn ja, bringe ich mein Angebot an, Acrylnägel zu modellieren. Wenn niemand Englisch kann, verspreche ich, wieder zu kommen, sobald mein Portugiesisch besser ist. Keiner in Rio kennt Nagelmodellage. Die Menschen sind begeistert. Ich auch, denn die Nachfrage wächst. Und ich wittere in dieser Marktlücke eine grandiose Geschäftsidee.

Vorerst aber halte ich mich mit Nagelmodellage und Deutschunterricht gerade so über Wasser. Meine erste Kundin in Lindas Appartment ist Aida. Als passionierte Nagelbeißerin ist sie begeistert von meiner Arbeit.

Aida ist ein herzensguter Mensch. Sie besteht darauf, dass ich jeden Tag eine warme Mahlzeit bekomme. Also lädt sie mich regelmäßig zu sich nach Hause ein. Im Gegenzug dazu gebe ich ihrer Tochter Deutschunterricht.

✻

Dann treffe ich Avonja. Er hatte damals in Hamburg ein Brasilianisches Restaurant gehabt, während ich das Chinarestaurant geführt hatte.
„Kein Problem, Maria", ruft er begeistert. „Ich kenne einige Stars, die total abfahren auf außergewöhnliche Nägel!

In wenigen Minuten ist ein Treffen organisiert, und

kurz darauf begutachtet eine berühmte Samba-Sängerin meine eigenen Nägel. Dann kommt sie ganz spontan mit zu mir nach Hause. Ihre Bodyguards wissen gar nicht, wie ihnen geschieht, als sie plötzlich alle in „Lindas" Wohnung stehen. Sprachbarrieren gibt es keine zwischen uns. Sie ist auch ohne große Worte von mir und meiner Arbeit absolut entzückt.

Das ist der Durchbruch. Bei jedem Fernsehauftritt hält sie ihre Luxus-Nägel vor die Kamera und macht Werbung für die „Fischer Nails".

So sehr mich der Erfolg freut, habe ich doch ein mulmiges Gefühl. Ich bin als Touristin in Rio, habe keine permanente Aufenthaltserlaubnis und damit auch keine Arbeitsgenehmigung. Geld zu verdienen ist also nicht ganz legal. Aber meine Arbeit ist mein Leben, und in Fernsehshows genannt zu werden, ist gigantisch!

Also informiere ich mich bei der Ausländerbehörde, wie ich eine Aufenthaltserlaubnis bekommen kann. Der Beamte ist sehr freundlich und bietet mir sogar an, mir beim Ausfüllen der Formulare zu helfen. In seiner Mittagspause bugsiert er mich in einem nahegelegenen Restaurant in einen Nebenraum und wir beginnen, die Papiere auszufüllen.

Durch den Heiligen Geist und meine Erfahrungen mit Männern bekomme ich plötzlich ein unangenehmes Gefühl. Der Beamte rückt näher, nimmt meine Hand und versucht immer wieder, sie auf seinen Schoß zu legen. Oh mein Gott, ich kann's nicht glauben! Anfangs gehe ich höflich auf Distanz, doch dann sagt er mir direkt, was er will.

In dem Augenblick schießt es ganz deutlich auf Portugiesisch aus mir raus:
„in Jesu Namen, löse ich dich vom unreinen Geist! Du wirst jetzt alles ausfüllen und genehmigen. Ich glaube, dass du ein ganz feiner Mann bist und mir nichts Böses willst!"

Mein sicherer Tonfall überrascht uns beide, aber ich habe mich sehr schnell wieder im Griff. Energisch halte ich ihm die Formulare unter die Nase. Sofort hört er auf und tut genau das, was ich will. Oh, mein Gott, was für eine Macht lebt da in mir! Es ist kaum zu fassen, doch am Ende habe ich meine unbefristete Aufenthaltserlaubnis in der Tasche, und er entschuldigt sich sogar für sein Benehmen.

Es ist ein wunderbares Gefühl, Jesus immer näher kennenzulernen. Seine göttliche Sicherheit und seine Führung begleiten mich überall hin. Jede Entscheidung bespreche ich mich mit Jesus. Er ist wirklich in meinem Herzen – in seinem Wohnzimmer. Ich kann mich bei ihm aufs Sofa setzen und mich mit ihm besprechen! Diese Momente stärken mich sehr, und ich fühle mich zur richtigen Zeit am richtigen Ort!

Kurz darauf bietet mir ein Friseursalon an, bei ihnen zu arbeiten. Sie werden mir einen Tisch und zwei Stühle in eine Ecke stellen. Was ich sonst noch brauche, bringe ich mit. Ja, es geht weiter – und wieder weiß ich, dass ich in Gottes Händen bin.

Mein erster Karneval in Rio

Die Parade ist eine riesige Attraktion, und ich will da unbedingt hin. Die Innenstadt ist abgesperrt und man muss Eintritt zahlen.

Maria, die „Orange", steht also am Eingang zu diesem Spektakel. Gerade überlege ich, wie ich es schaffe, da rein zu kommen, da spricht mich ein Typ an. Er hat zwei Eintrittskarten und wartet auf einen Freund. Ich behaupte, dass ich auf eine Freundin warte. Irgendwann wird dem Mann die Warterei zu dumm und er fragt mich, ob ich das Ticket von seinem Freund möchte. Klar will ich, und wir gehen rein. Der Mann grinst und ich sehe, dass er keinen einzigen Schneidezahn hat. Wie unheimlich... außerdem hat er bereits zur Mittagszeit eine Alkoholfahne, die man kilometerweit riechen kann. Das bringt mich auf eine Idee, zwar nicht ganz die feine englische Art, dafür umso wirkungsvoller.
„Willst du ein Bier?" Er freut sich und ich sage: „Warte hier..."
Ich klettere ganz hoch auf die Tribüne. Von hier aus habe ich einen spektakulären Blick über das Geschehen. Der Mann steht noch eine Weile rum und verschwindet dann im Getümmel.

Im Stadion Sambódromo im Stadtteil Estácio haben mehrere Zehntausend Zuschauer Platz. Beeindruckende Ränge hängen wie Wasserfälle übereinander und wenn sie voll besetzt sind, hört sich das manchmal tatsächlich an wie rauschende Wassermassen. Die Samba-Schulen liefern sich einen Wettbewerb, von dem man nur träumen kann. Jede Schule hat genau 60 Minuten Zeit für ihre Performance, an der zirka 50 bis 60 Künstler teilnehmen. Die reich geschmückten Wagen haben keine Motoren. Sie werden mit Muskelkraft vorwärts bewegt.

Was mich fasziniert ist die bewundernswerte Ausdauer und blühende Fantasie der Menschen! Das perfekte Zusammenspiel, der Reichtum an Ideen, die verschwenderische, farbenfrohe Pracht! Überall Glitzer, Kopfbedeckungen – ich will gar nicht wissen, wie schwer die sind – mit Federn von über 2 Metern Länge. Die Kleider, so aufwändig, einerseits individuell, andererseits passen sie harmonisch zu denen des Ensembles.

Und dann die extrem bunten, schillernd schön verzierten Wagen, die von innen beleuchtet sind. Wenn in Rio die Lichter ausgehen, leuchten sie weiter.

Also, ich muss mal eins sagen: die Brasilianer können schon, wenn sie wollen. Wenn alles in Rio so professionell gebaut und organisiert wäre, wenn in jedem Lebensbereich die Menschen so sorgfältig und gewissenhaft planen und arbeiten würden, müsste niemand hungern und Not leiden.

Alle wetteifern um das hohe Preisgeld, das den Gewinner erwartet und die Ehre, der Sieger zu sein. Die beste Samba-Schule in Rio, das ist schon was... Sie werden mit einem komplizierten Punktesystem bewertet, aber für mich ist das nicht wichtig. Ich bin zeitlos glücklich.

Mit allen Sinnen genieße ich die Show, die Musik, den lauen Wind, es riecht nach leckerem Essen. Wie Schmetterlinge auf einem Blütenmeer im Wind taumeln die Farben und Formen durch die Straße. Alles ist neu, interessant und die Zeit vergeht im Fluge. Kaum merke ich, wie es Nacht wird.

Die Sonne geht auf, als die letzten Künstler ihr Bestes geben. Noch ein kleiner Snack und ich gehe nach Hause.

Mein vierter Mann – jetzt aber richtig!

Eine meiner Deutsch-Schülerinnen ist die Tochter einer Anwältin, die Pflichtverteidigerin für Mafiosi ist. Mit ihrer Tochter verstehe ich mich sehr gut. Sie ist nicht gerade versessen darauf, mit Mama an den Strand zu gehen. Wir sind im gleichen Alter, also lädt sie mich ein. Im Buggy, einem Cabrio, geht es nach San Conrado. Vor dem Hotel National fragt sie: „willst du lieber an den Strand oder ins Hotel?" Ich entscheide mich für das Hotel.

Am Pool bestellen wir Cocktails, räkeln uns in den Liegestühlen und plaudern. Die Wärme ermüdet mich. Fast fallen mir die Augen zu. Glücklicherweise nur fast. Denn plötzlich bin ich hellwach und schubse meine Freundin: „schau dir den Typ mit der roten Badehose an!", flüstere ich und kann mich kaum satt sehen an dem durchtrainierten Po. Als er sich umdreht, bin ich froh um den Liegestuhl, sonst hätten mir die Beine versagt. Sein Grinsen ist atemberaubend – und er weiß das. Gelassen schlendert er am Pool entlang.

Auch wenn ich böse Erfahrungen mit Männern habe – bei diesem rassigen Kerl bin ich elektrisch geladen wie eine Hochspannungsleitung.
„Maria, beherrsche dich, der ist nichts für dich, entspann dich!", sagt mein Verstand. Ich bezahle meinen Cocktail. Wir gehen die Treppe runter, am Buggy vorbei, über die Straße zum Strand. An einem Getränkestand bestelle ich mir eine Kokosnuss. Oben auf der Treppe steht die rote Badehose und beobachtet uns. Just for fun biete ich ihm die Kokosnuss an. Er nickt und kommt langsam die Treppe herunter.

„Au weia!" denke ich. Dann steht er vor mir. Die Spannung ist fast unerträglich.
„Hallo." Hm, nicht sehr geistreich. Ich lächle, er grinst.
„Willst du auch von der Kokosnuss?", frage ich.
„Nein, ich will deine Telefonnummer." Ok, er will ein Spielchen. Das kann er haben. Ich gebe ihm meine Nummer und sage ihm, dass ich kommende Woche nicht erreichbar sei. „In der Zeit vergisst er mich oder verschlampt die Nummer", denke ich.

Ganz genau eine Woche später klingelt mein Telefon.
„Schön, dass du anrufst", freue ich mich und verteile einige small talk Floskeln. Worauf ich ihn noch mal für eine Woche vertröste. Kein Deutscher hätte pünktlicher sein können – denn auch nach dieser Woche ruft er an und will sich mit mir treffen. Ich bedauere, denn auch ich würde mich wirklich sehr gern mit ihm verabreden, hätte aber momentan keine Zeit. Wie wäre es in acht Tagen?

Gilli ist die Geduld in Person, und endlich sind wir im Restaurant „La Maison" verabredet. Ich bin schon früher da und sitze mit einigen Kundinnen zusammen, alle Prostituierte. Nicht nur das ist Gilli peinlich, als er herein kommt. „La Maison" hat eine große Speisekarte und ist nicht gerade billig.

In Brasilien ist es eine Todsünde, wenn ein Mann eine Frau ins Restaurant einlädt und sie bezahlt. Gilli hat aber kaum Geld; woher soll ich das auch wissen! Ich bestelle Hamburger und Orangensaft.
„Willst du nichts?", frage ich ahnungslos.
„Nein, ich habe schon im Hotel was gegessen und viel trainiert." Was ich nicht weiß: Gilli stirbt fast vor Hunger.

Wir sitzen und gucken. Gilli kann kein Deutsch und ich kein Portugiesisch. Da kommt ein Reiseführer ins Restaurant, der schon die ganze Zeit was von mir will. Gilli kennt ihn, es ist Bruno. Als Gilli auf die Toilette geht, folgt ihm Bruno und fragt ihn: „seid ihr zusammen?"

„Ja, fängt so an", meint Gilli gelassen.
„Gib dir keine Mühe, die ist lesbisch, keine Chance", sagt Bruno." Ich habe es auch schon versucht aber sie hat nur Augen für die Mädchen die hier sitzen!"

✳

Danach treffen wir uns immer wieder in Restaurants oder Kneipen. Inzwischen habe ich auch herausgefunden, dass Gilli im Hotel National pro Monat nur 100 Dollar verdient. Bei einer Arbeitszeit von sechs Uhr in der Frühe bis null Uhr! Als Bademeister gibt er acht, dass die Gringos nicht untergehen. Von so einem schönen Lifeguard würde ich mir liebend gerne mal das Leben retten lassen! Es ist wirklich eine Schande, dass er sich so weit unter Wert verkauft!

In der Zwischenzeit habe ich weitere Kunden für die Nägel bekommen und außerdem eine Wohnung mit einem Arbeitskollegen, Paulino. Er ist schwul und wir haben gleich am Anfang geklärt, dass wir keine Männerbesuche empfangen.

Einmal hat Paulino beobachtet, wie Gilli und ich uns zum Abschied auf der Straße vor dem Haus geküsst haben. Auf der Treppe hat Paulino auf mich gewartet und zu mir gesagt:
„also, *den* kannst du immer gern mitbringen, Maria!"

Linda hat mich angerufen. Eigentlich ist sie eine herzensgute Frau, und ich bin sicher, dass sie ein Werkzeug Gottes gewesen war, als sie mir ihre Wohnung überlassen hat, nachdem mein Zimmer geplündert worden war. Also, heute wollte sie die Telefonnummer einer äußerst prominenten Sambasängerin. Ich versprach ihr, die Sängerin beim nächsten Termin zu fragen, ob sie den Kontakt wolle. Da ist Linda sehr böse geworden und schrie mich an, ich solle ihr sofort die Nummer geben. Schließlich hätte sie mir auch geholfen, als ich in Not war. Mein Geschäft arbeitet absolut professionell. Wir respektieren und schützen das Privatleben unserer Kunden, deshalb blieb ich bei meinem Vorschlag.

Wenige Minuten später stürmte Linda in meinen Laden und schrie mich an, dass ich noch an meinem eigenen Körper spüren würde was Macumba, die Schwarze Magie, ist. Ich antwortete ganz ruhig: „mein Gott ist größer als alles!", worauf sie wutschnaubend das Studio verließ. Ich habe sie nie wieder gesehen.

✼

Eine Zeitlang lief es mit der neuen Wohnung richtig gut. An Weihnachten haben Paulino und ich zusammen lecker gekocht, und ich habe ihm aus der Bibel vorgelesen. Er hat sehr offen über Religion gesprochen und auch mit mir gebetet. Er sagte aber, dass er nicht in die Kirche gehen würde. Da fragte ich ihn, ob er schon mal gesehen hätte, dass ich in eine Gemeinde ging.

Ich sagte: „du kannst jeden Tag in die Kirche gehen, aber du wirst deshalb kein Christ. Genauso, wie du jeden Tag zu McDonald's gehen kannst und dadurch auch kein Hamburger wirst.

Nur eins zu sein mit Jesus, zu wissen, dass er für dich gestorben ist und ihn annehmen als Erlöser, nur deine ganz persönliche Beziehung zu ihm hilft dir, ein Christ zu sein!

✳

Eines Abends kamen Paulino und ich nach Hause. Die Wohnungstür war aufgebrochen, und es sah aus wie nach einem Wirbelsturm!

„Oh – mein – Gott!", war alles, was ich herausbrachte.
Paulino drängte sich an mir vorbei und schrie wie ein hysterisches Mädchen:
„oh mein Fernseher, meine Stereoanlage, meine und so weiter... oh, mein Gott!!!
Ich schüttelte ihn kräftig, aber das half nicht im Geringsten. Also knallte ich ihm eine. Das saß! Erschrocken hörte er auf zu schreien und fing an, jämmerlich zu heulen. Es war ein riesiges Theater!

Ich musste aufpassen, dass ich nicht loslachte, so witzig fand ich das. In erster Linie war ich froh, dass keiner verletzt war oder womöglich schlimmer. Nachdem ich ihn beruhigt hatte, sahen wir nach, was alles fehlte. Für mich war das nicht so tragisch, ich hatte schon so viel durchgemacht, aber Paulino hatte Angst um sein Leben. Er war äußerst empfindlich und auch sehr feminin. Der eigentliche Mann im Haus war sowieso ich.

✳

Neben dem Friseursalon waren einige Penthouse-Wohnungen, die Ingwar gehörten. In eine davon zog ich mit Gilli ein. Zwei Stockwerke, sehr großzügig und hell. Ingwar selbst wohnte in einem doppelt so großen Penthouse mit Swimming Pool im elften Stockwerk mit Air Conditioning. Die wollte er uns später für 80 000 Dollar verkaufen.

Gilli lernte jetzt auch Help, die Geschäftsführerin vom Friseursalon kennen, und wir wurden alle gute Freunde.

✳

Gilli hat mir davon abgeraten, zum Karneval zu gehen, aber ich kann es wieder mal nicht lassen.

Diesmal habe ich mich einer Touristengruppe angeschlossen. Ein Bodyguard führt uns durch die Stadt Richtung Stadion. Eine Gruppe Jugendliche schlendert an uns vorbei. Sie schauen uns mit glühenden, messerscharfen Blicken an. Unser Bodyguard schiebt einen von ihnen warnend zur Seite und sagt:
„hier ist alles sauber!", was so viel bedeutet wie: greift sie nicht an!
Wenige Augenblicke später überrennt uns wie aus dem Nichts eine Horde von ungefähr 80 Jugendli-

chen. Brutal rauben sie die Touristen aus – also haben sie bei unserer ersten Begegnung ausgekundschaftet, wo etwas zu holen ist. Meine Jeans-Tasche ist ganz fest an mich angebunden. Durch den heftigen Ruck werde ich meterweit über den Asphalt mitgeschleift, bis der Bodyguard seine Waffe zieht.

✻

Vorsichtig pellt mich Gilli aus meinen Kleidern und reinigt unter der Dusche behutsam meine Schürfwunden. Seine großen dunklen Augen sagen mehr als tausend Worte. Ich weiß schon, was er denkt: „ich hab's dir doch gesagt, warum musstest du dort hin gehen..."

✻

Help hat den Salon verkauft. Der neue Inhaber, ein Jude, war, vorsichtig ausgedrückt, nicht einfach, und ich wollte nicht weiter dort arbeiten. Mittlerweile hatte ich mir einen ganz netten Kundinnen-Stamm aufgebaut und machte ihnen einfach in meinem Penthouse die Nägel.

„Der Neue" war sauer, weil der gewohnte Andrang auf den Salon plötzlich nicht mehr war. Jedes Mal, wenn eine Kundin nach mir fragte, sagte er nur, ich sei weg. Aber unter den Mädels verbreitete sich die Nachricht schnell, und so fanden mich die meisten doch.

Der Salon-Inhaber war darüber so erbost, dass er mich angezeigt hat.

Gerade hatte ich eine jüdische Stammkundin bei mir, eine superreiche Frau. Sie hatte die Katzen im Flamenco-Park sterilisieren lassen, um die Seuchengefahr kontrollierbar zu machen. Auch sonst hatte sie viel Gutes mit ihrem Reichtum getan. Diese Freundin war eine astrologische Ärztin. Mir hatte sie mal die Zukunft vorhergesagt, ich hab' das aber nicht ernst genommen. Nur „ER", der mich führt, könnte mir die Zukunft sagen, und er möchte sowas nicht. Wir sollen ihm vertrauen und uns führen lassen!

Plötzlich standen zwei Polizisten vor meiner Wohnungstür und haben meine Papiere verlangt. Glücklicherweise hatte ich einige Monate zuvor die Arbeitserlaubnis bekommen. Damit war das Problem aus der Welt. Ich lud die Polizisten ein, mit auf die Terrasse zu kommen und bot ihnen einen Kaffee an.

Im Wohnzimmer stand eine Tafel, daneben die Deutschunterricht-Sachen. Der Tisch war voller Produkte aus Deutschland. Ich habe meiner Stammkundin die Nägel gemacht, und die Polizisten sahen sehr interessiert zu.

„Was machen Sie hier?", fragte einer der Polizisten gespannt.
„Ach, wissen Sie, mir ist langweilig, und meine Freundin hat mir Produkte aus dem Ausland mitgebracht. Ich probiere jetzt aus, was man damit machen kann".
„Was kostet es, künstliche Nägel modellieren zu

lassen?", fragte der andere.
„Nichts", antwortete ich. Bei mir ist alles kostenlos, auch der Deutschunterricht. Aber wenn mir jemand Trinkgeld geben will, nehm ich es.

Die Polizisten waren total nett und ausgesprochen beeindruckt, weil ich so viel arbeitete. Sie fragten mich, ob ich ihren Frauen auch die Nägel machen würde.
„Klar doch, her damit, das kriegen wir hin!"

Beide Jungs waren ein bisschen neidisch auf Gilli. Sie wünschten sich auch Frauen, die so fleißig sind und zur Miete beitragen. Dass ich das alles alleine zahlte und Gilli nur 100 Dollar im Monat verdiente, sagten wir natürlich nicht.

Gillis neue Arbeit

Ach ja, überhaupt: Gilli! Ich sagte zu ihm: „Gilli, du musst dir überlegen, was du machen willst! So geht das nicht weiter! Du hast doch so viele Möglichkeiten: du bist jung, ein geschickter Hobby-Schneider, ein super Masseur und ein sehr schöner Mann – du könntest Dressman sein, oder du machst Nägel!

Gilli entschied sich für Nagelmodellage. Mit Freude gab er seinen miserabel bezahlten Job im Hotel auf, arbeitete fleißig und lief auch für Avonja als Model. Dann hat er mir auch beigebracht, wie man schön geht. Mein Gang war viel zu hektisch, milde ausgedrückt, man hätte mich auch als Bauerntrampel bezeichnen können. Immerhin war ich ein ungeduldiges Frauenzimmer, dem es nicht schnell genug gehen konnte. Klar, dass ich dabei nicht auf meinen Gang achtete. Aber dafür hatte ich ja auch meinen Gilli!

Mein Portugiesisch wurde auch immer besser, da Gilli kein Deutsch und auch kein Englisch sprach. Allerdings fällt es mir sehr leicht, Sprachen zu lernen; ich habe ja täglich so viel Kontakt, und schreiben brauchte ich nicht. Da hatte ich meine Schüler und Gilli, die das für mich erledigten. Aber ich habe jeden Tag die Tageszeitung gelesen. Schon aus Interesse wegen der täglichen Neuigkeiten und der großen Inflation.

✻

Michael, mein großer Bruder, der mich in dieser Zeit mal besucht hat, sagte eines Morgens zu mir: „ich geh mal eben Milch und Brötchen holen, gib mir mal Kleingeld soviel wie das kostet." Ich gab ihm einen Schein, aber er bestand darauf, dass ich ihm nur Kleingeld geben sollte. Ich meinte dass ich keine Ahnung hatte, wieviel das heute kostet. Ich konnte ihm nur sagen, wie teuer es gestern gewesen war, denn bei einer Inflation von 1,2 % pro Tag kann man keine aktuellen Preise wissen.

Michael hat mir, obwohl wir auf verschiedenen Kontinenten gelebt haben, oftmals in schweren Zeiten Mut gemacht.

Erlebnisse im Geschäft

Mein Zuhause war wieder gleichzeitig mein Geschäft. Meine Kundinnen gaben sich die Klinke in die Hand, und es ging zu wie in einem Bienenstock. Ich machte Nägel, lernte Portugiesisch, gab Deutschunterricht und war den ganzen Tag lang richtig gut beschäftigt.

Unser Portier, der dafür sorgte, dass niemand ungebeten ins Haus kam, wunderte sich sehr über den großen Andrang. Ich erklärte ihm, dass ab und zu ein paar Freundinnen zu mir kommen würden. Einige Tage später fragte er mich sichtlich verstört: „sag mal, wie viele Freundinnen hast du eigentlich?"

Eine treue Kundin, sie ist Flugbegleiterin, kam ganz aufgelöst zu ihrem Termin.
„Du glaubst nicht, was mir gerade passiert ist!" Sie schnappte nach Luft, und ich bot ihr erst mal einen Stuhl und ein Glas Wasser an. Als sie sich einigermaßen gefasst hatte, weinte sie und erzählte:
„Ich stand mit meinem Motorrad an der Ampel. Da kamen zwei Kerle, auch mit einem Motorrad. Der eine ist abgestiegen, zu mir rüber gekommen und hat mich bedroht. Ich musste absteigen, und er ist einfach mit meinem Motorrad weggefahren!"

Einmal stürmte eine Kundin zur Tür rein und rannte zur offenen Balkontür, um sich in die Tiefe zu stürzen. In letzter Sekunde packte ich sie und riss sie zurück. Mein Herz raste, und ich war wü-

tend! Sie weinte laut, schrie hysterisch, klammerte sich an mich. Ich schüttelte sie:
„was fällt dir ein, niemand stürzt sich von meinem Balkon! Schau mal dort runter! Was meinst du, wie du aussiehst, wenn du unten angekommen bist! Und wer soll die Sauerei dann wegräumen? Ich nicht, also bleib mal schön hier!"

Sie ist zusammengebrochen und hat herzzerreißend geweint. Ich habe sie in den Arm genommen und ließ sie weinen. Ihr Schluchzen schüttelte uns beide. Keine Ahnung, wie lange wir so gestanden haben, bis sie wieder sprechen konnte. Sie erzählte, dass ihr Freund, ein Pilot, mit dem Flugzeug abgestürzt sei. Ich hörte ihr einfach zu und war ganz nah bei ihr.

Drei Monate später kam sie mit einem Blumenstrauß. Sie strahlte und erzählte mir, dass sie Jesus angenommen hatte und dass es ihr wieder richtig gut ging.
„Danke, dass du mich vor diesem schweren Fehler bewahrt hast, Maria! Ich bin wieder verliebt, und mein Freund ist auch Pilot."

Mein Herz ist offen für die Prostituierten. Ich kenne ihr Schicksal, bin vertraut mit ihren Sorgen und ihrem Schmerz. Und ich kann ihnen helfen, wenn sie wollen. Die Mädels vertrauen sich mir an, weil sie spüren, dass ich aufrichtig mit ihnen bin. Ich spreche aus eigener Erfahrung, und das schafft Nähe.

Deutschkurse

Beim Deutschunterricht habe ich auch so einiges erlebt. Einer meiner sehr jungen Schüler war unglaublich sprachbegabt und überdurchschnittlich wissbegierig. Er war ein richtiger Streber, die treibende Kraft. Freiwillig hat er mir sehr oft deutsche Bücher vorgelesen. Meistens waren die Texte lähmend uninteressant. Nach stressigen Tagen konnte ich mich nur mit eiserner Disziplin wach halten, damit ich ab und zu Rückmeldung geben konnte: „ja, toll, klasse, super, ausgezeichnet!" Oft bin ich aber eingenickt. Seine Stimme war so monoton und der Inhalt extrem langweilig. Mittlerweile ist mein Schüler Konsul in Japan. Er spricht fließend japanisch.

Viel mehr Menschen, als ich anfangs dachte, wollen deutsch lernen. Die Aussprache kann ich ihnen ja gut erklären, aber mit ihren Fragen treiben sie mich oftmals in die Enge: „verwendet man in diesem Fall Akkussativ oder Dativ?"
Hm. Woher sollte ich das wissen? Ich schwätze halt, wie mir der Schnabel gewachsen ist. Da kommt mir das Schicksal zu Hilfe. Dachte ich jedenfalls. Zwei junge Frauen bitten mich, einen Text zu übersetzen. Eine davon ist Grundschullehrerin, und dann auch noch Schweizerin.
Ich denke: klasse, jetzt kann ich diese Frage an eine Fachfrau weiter geben. Aber die junge Dame möchte sich nicht festlegen:
„oh, das weiß ich nicht genau. Ich hab da so eine Theorie. Ja, genau, ich glaub so ist es..."

In der Bibliothek für Internationale Bücher mache ich mich mit den Regeln der deutschen Grammatik vertraut. Ich bin ja keine studierte Lehrerin, aber bald fühle ich mich der Aufgabe gewachsen.

Wie so oft stelle ich mich in einem großen Hotel in Rio vor. Eigentlich, weil ich dort Nägel modellieren will.

Als der Zuständige hört, dass ich Deutsche bin, erzählt er mir, dass er Personal hat, die in einer Kleingruppe, so drei bis vier Leute, Deutsch lernen möchten. Und zwar schnell.

Er macht mich mit den Leuten bekannt. Ich spreche kein einziges Wort Portugiesisch mit ihnen. Alles, was in den drei bis vier Stunden täglich gesprochen wird, geht auf Deutsch mit viel Gestik und Mimik.
„Guten Tag. Es ist jetzt acht Uhr. Wir sind fünf Personen."
„Setz dich auf diesen Stuhl." Ich biete den Stuhl an.
„Nimm den Bleistift," und so weiter. Uhrzeit, Zahlen, Dinge aus dem Alltag. Meine Schüler werden relativ schnell mit der Sprache vertraut.

Der jüngste Schüler ist sehr bald soweit, die Prüfung bestehen zu können. Weil ich keine Zulassung habe, die Tests abzunehmen, meldet er sich im Goethe-Institut zur Abschlussprüfung an und besteht mit Auszeichnung. Die Prüfer sind begeistert und fragen ihn, wo er Deutsch gelernt hat. Kurz darauf bekomme ich ein gutes Angebot mit regelmäßigem Einkommen, im Goethe-Institut zu unterrichten. Ich lehne ab. Meine Bestimmung ist eine andere.

Der gigantische Durchbruch

Die Fernsehsendung „Sem Sensura – ohne Beurteilung" ist ein weiterer Schritt in die Öffentlichkeit. Reporter stellen Pioniere vor. Leute, die Neues machen. Noch kann ich wenig Portugiesisch. Gilli begleitet mich. Wir nehmen unsere Produkte mit, um sie vorzustellen. Die Sendung läuft in ganz Brasilien. Es ist unser erster öffentlicher Auftritt. Die Reporter löchern uns:
„wie machen Sie das?"
Wir modellieren einen Nagel, um zu demonstrieren, wie das abläuft.
„Das stinkt aber ordentlich!", meint der Moderator.
„Ja, das ist Acryl. Die Nägel selbst sind aus Porzellan."
„Und das hält? Wie ist das möglich?" Ich weiß so schnell keine Antwort und sage dann ganz einfach:
„mit Gottes Hilfe ist alles möglich." Das leuchtet ein:
„aha, mit Gottes Hilfe ist alles möglich – erstaunlich!"

※

Nach der Sendung waren wir nicht mal richtig in unserem Penthouse, da klingelte das Telefon. Das ist leicht untertrieben. Beide Telefonleitungen liefen heiß, tagelang, wochenlang! Die Anrufer wollten wissen, ob ich Kurse gebe. Ich war ziemlich überrascht und entschied mich kurzerhand, ein Lehrinstitut zu gründen, um dem noch ziemlich chaotischen Andrang eine Form zu geben. Also sammelten wir die Kontakte aller Anrufer. Mein Schüler, der Junge, der so schnell deutsch gelernt hatte, half mir. Gilli, der mittlerweile zweisprachig vermitteln konnte, übersetzte. Ich konnte noch zu wenig Portugiesisch, um den begeisterten Anrufern zufriedenstellende Antworten geben zu können. Wir gaben unsere Adresse an und versprachen, alle Anfragen per Post zu beantworten.

Die ersten Bewerbungen kamen an. Die Menschen schienen es wirklich ernst zu meinen! Bald stand ein erstes Geschäftskonzept, und ich stellte den Jungen als Sekretär ein. Er war von früh morgens bis spät abends mit der Kundschaft beschäftigt.

Nachts zogen wir den Telefonstecker, aber sobald wir ihn morgens einstöpselten, klingelte es ununterbrochen. Das Interesse war überwältigend!

Während unserer Fernsehsendung hatte eine Frau, deren Fernseher monatelang kaputt gewesen war, Staub auf ihrem Fernsehgerät gewischt. Plötzlich hatte sich das Gerät eingeschaltet. In genau diesem Augenblick hatte ich dem Reporter geantwortet: „mit Gott ist alles möglich!"

„Mit Gott ist alles möglich!" Sie hat eine Gänsehaut bekommen und gedacht: »das will ich auch!« Kurzentschlossen hat sie die Telefonnummer notiert.

Sie hieß Mira. Als sie mich endlich erreichte, bat sie mich, ihr mehr zu erzählen. Sie war von der Idee so begeistert, dass sie sich augenblicklich selbst als Sekretärin bei mir engagierte – also sie ergriff tatsächlich die Initiative – und wurde eine meiner besten Leute!

Mit allergrößtem Einsatz schrieben und übersetzten wir Werbetexte, gestalteten Flugblätter und Anmeldeformulare. Die ersten Kurse begannen. Jeder Teilnehmer bekam eine Tasche mit den Produkten als Starterpaket für die Lehrgänge. Ich hatte *die* Marktlücke gefunden! Es war harte Pionierarbeit, aber meine Vision erfüllte mich mit großer Dankbarkeit.

Genieße das Leben! Iss den Nachtisch zuerst!

Wieder ein Interview, diesmal in einer Kosmetik-Fernsehsendung, die in ganz Brasilien ausgestrahlt wurde. Backstage haben wir die anderen Gäste getroffen und haben sie gefragt, welches Unternehmen sie präsentierten. Aber sie waren alle so nervös, dass sie nicht einmal darauf eine Antwort hatten. Ich versuche, sie aufzumuntern.

„Leute, warum stresst ihr euch? Da draußen ist doch nur eine Kamera!"
„Ja schon, aber die vielen tausend Leute, die unser Interview sehen...!"

„Jetzt macht euch locker, Freunde! Das Publikum sitzt entspannt im Fernsehsessel und genießt die Sendung. Stellt euch vor, das Studio ist ein gemütliches Wohnzimmer, freut euch, dass ihr eingeladen seid und habt einfach Spaß!"

Während die anderen zitterten, lief ich zu Höchstform auf. Als der Moderator mich einlud, etwas für die deutschstämmigen Leute im Publikum zu sagen, sandte ich einen ziemlich emotionalen Gruß in meiner Muttersprache. Ich war total in meinem Element!

Nicht nur Redaktion und Fernsehteam waren begeistert. Es passierte noch was viel Schöneres: wir gewannen Frau Loris, eine in Santa Catarina lebende Südbrasilianerin, die ich kurzerhand als meine Vertreterin engagierte.

Dort gibt es viele Deutschstämmige. Das Klima ist rau, die Häuser sehen aus wie im Schwarzwald. In den Vorgärten blühen die Stiefmütterchen. Ab sofort nahm Frau Loris Anmeldungen für Kurse an, die einmal monatlich stattfanden.

Nach dem Fernseh-Interview kamen wieder mal Hunderte von Anrufen bei uns an. Mittlerweile hatten wir Übung darin, sie angemessen zu beantworten, und das Geschäft florierte.

Mein erstes Nagelstudio an der Copacabana

Es ging einfach nicht mehr in der Wohnung. Außerdem drohte unser Privatleben vor die Hunde zu gehen. Von früh bis spät ein Ameisenhaufen. Morgens Deutschunterricht, danach Nägel machen und Kurse vorbereiten und abends wieder Deutschunterricht. Oh mein Gott! Es war ein unendlicher Segen! Das Wichtigste für mich war, dass ich jedem von Gott erzählen konnte. Manchmal war ich sehr überrascht, wie nahe die Menschen Gott schon waren!

Mein Bruder Michael nahm mir die letzten Bedenken und malte mir in den schönsten Farben aus, wie es wäre, Chefin in einem rennomierten Nagelstudio zu sein.

Also gingen wir auf die Suche nach geeigneten Räumlichkeiten. Vom Heiligen Geist geführt fand ich sehr bald einen guten Raum im elften Stock eines Geschäftshauses. Wir richteten ihn schön ein und eröffneten unser Hauptgeschäft, das Matris, an der Copacabana in der Xavier da Silveira Rua. Wir tauften es ganz offiziell „Fischer Nails" und wählten einige Schüler aus, die bei uns arbeiten wollten.

Der Schreiner, der bei uns zu Hause die Schlafzimmermöbel gezimmert hatte, war ein echtes Genie. Ich hab gedacht, okay. Du machst mir die Tische, die Küche, die Verkleidung für die Klimaanlage, alles passend zum Möbel-Set. Er hat das unglaublich gut hinbekommen, und wir alle haben uns sehr über die neuen Möbel gefreut!

Eine Empfangsdame suchte ich mir dann durch eine Zeitungsannonce.
Also, ich brauchte ja nur eine Dame, aber am nächsten Morgen standen über fünfzig Leute in einer Schlange vor meiner Tür. Ich nahm mir für jede einzelne Person Zeit und sagte jeder, dass ich es mir überlegen und sie dann anrufen werde.

Dann zog ich mich zurück und hörte auf mein Herz. Ich entschied mich für Suely, eine farbige, sehr einfache Frau. In ihren Augen war so ein hoffnungsvolles Strahlen und eine absolute Ehrlichkeit. Mein Entschluss stand fest. Noch bevor ich zum Hörer griff, kam sie zur Tür rein mit einem Blumenstrauß in der Hand und wollte mit mir sprechen!

Ich bot ihr einen Stuhl an, und sie legte gleich los: „ich weiß, dass ich keine Chance habe. Ich bin schwarz und habe keine besondere Schulbildung, aber ich bitte um Ihre Freundschaft, denn was aus Ihnen herausstrahlt, möchte ich kennenlernen!"

Oh mein Gott! Das saß! Ich habe sie angesehen und sagte: „ich habe auch nur einen Hauptabschluss bin nicht besonders gescheit, aber das ist nicht schlimm. Meine Schule ist das Leben. Wir lernen durch unsere Fehler, wenn wir nicht zu stolz sind. Wenn du denkst, dass du keine Chance hast, weil du schwarz bist, irrst du dich. Gilli ist auch schwarz und ist mein Freund. Außerdem hatte ich mich heute Vormittag schon entschieden."

Sie sah mich mit ihren großen Augen an und ich

sagte: „und zwar für dich! „Oh mein Gott!" Sie sprang vom Stuhl auf und flog mir um den Hals, so stürmisch, dass wir beinahe zusammen zu Boden gegangen wären. Sowas habe ich noch nie erlebt, dass Menschen so glücklich sein können!

Ich habe nie bereut, sie ausgewählt zu haben, denn in ihr hatte ich eine wirklich treue und ehrliche Empfangsdame und Freundin gewonnen!

✻

So hatte ich mit der Zeit sieben Nageldesignerinnen und dazu Gilli, und jeder Einzelne hatte seine besondere Geschichte. Dazu kam ein Buchhalter und Steuerberater, der mich mit dem ganzen Papierkram unterstützt hat.

Gilli sah übrigens hinreißend aus in seiner Arbeitskleidung im Studio, einer weißen Leinenhose und dem weißen Hemd! Bei den Kursen in den 4-Sterne-Hotels waren wir Trainer social bekleidet. Überhaupt, die Arbeit mit den Nägeln war angenehm, ganz gleich, ob bei den Kursen oder in den Salons. Da konnten wir nur mit Klimaanlage arbeiten, schon alleine wegen der Produkte. Außerdem gehört Air Conditioning zum Pflichtprogramm, wenn man ein VIP-Studio hat.

✻

Es war einfach klasse, und ich hatte so meine Regeln. Morgens um 8.30 Uhr trafen wir uns im Geschäft, um die Räumlichkeiten zu reinigen. Die Arbeitseinteilung hing an der Wand und wurde wöchentlich gewechselt.

Wenn wir mit Putzen fertig waren, kamen wir in einer Runde zusammen und sprachen über Probleme, falls etwas ungeklärt war. Damit vermieden wir, dass mein Team private Dinge vor der Kundschaft diskutierte.

Danach haben wir zusammen gebetet. Für unsere Mitarbeiter, ihre Familien und unsere Kundinnen. Anschließend haben wir gesungen.

Die Probleme waren ausgetauscht und gelöst, die Mitarbeiter hatten den Kopf frei und waren entspannt, es duftete nach Kaffee und eine schöne Musik lief, es war eine rundum gute Atmosphäre.

Pünktlich um neun Uhr haben wir geöffnet.

Manchmal fragten mich Kunden, wie ich es schaffte, meine Mitarbeiter auch in der sommerlichen Hitze zur Arbeit zu bewegen. Die Kunden hatten nämlich eigene Fabriken, Geschäfte und allgemein größere Unternehmen. Sie klagten darüber, dass ihr Personal immer erst am Ende des Monats, kurz vor dem Zahltag, zur Arbeit käme. Heiße Sommertage verbrachten sie lieber am Strand oder zu Hause. Meine Methode aus Amsterdam war genauso einfach wie wirkungsvoll: ich vermietete meine Tische und bekam 40 bis 60 Prozent der Einnahmen.

Obwohl die Mitarbeiter als selbstständige Partner eingestellt waren, galt die Regel weiterhin: wer drei

Mal zu spät kam – auch wenn es nur fünf Minuten waren, brauchte nicht wieder zu kommen. Das klappte richtig gut. In meinem Studio herrschte deutsche Pünklichkeit, Sauberkeit und Ehrlichkeit. Es war erstklassiger Premium-Service. Ich hatte überwiegend reiche Damen, die sich das auch leisten konnten.

Große Freude mit kleinen Mitteln

Einmal kam eine Frau zur Nagelmodellage. Sie sagte, sie arbeite im Haushalt einer Millionärin und verdiene nur ein Grundgehalt. Hier in Rio war das fast nichts. Als sie die Nägel ihrer Chefin sah, fing sie an zu sparen und nach einem halben Jahr hatte sie einen Termin bei uns gemacht. Der Weg von ihr bis zu meinem Geschäft war so weit, dass sie ihren freien Tag dafür opferte: sechs Stunden hin und wieder sechs Stunden zurück. Das Essen hatte sie sich mitgenommen, da sie dafür kein Geld hatte, und die Busfahrt war ja auch sehr teuer.

Ich musste mich sehr zusammenreißen, damit sie nicht merkte, wie mich diese Geschichte ins Herz traf. Ich habe ihr dann persönlich die Nägel gemacht und sie zum Essen eingeladen. Als sie bezahlen wollte, habe ich ihr gesagt, dass ich ihr die Nägel schenke, und wenn sie dann alle drei Wochen käme, brauche sie nur ihre Busfahrt zu bezahlen.

Sie fing an zu weinen und ist mir um den Hals gefallen und hätte mich fast erwürgt, wäre Gilli nicht dazwischen gegangen. Ich habe ihr dann noch einen Kursus bezahlt, und heute ist sie eine erfolgreiche Nageldesignerin mit eigenem Studio!

Oh, mein Gott, wie ER doch alles verändern kann, und wenn wir auf seine Stimme hören, werden wir SEINE Werkzeuge.

Wahrheit und Irrtum

Am Anfang hatte ich verschiedene christliche Gemeinden besucht. Ich wollte meine Leute einer Gemeinde zuführen. Die Versammlung in einer Gemeinde in der Nähe war ganz schön. Es wurde gesungen und einer hielt eine Predigt. Er hat erzählt, dass man sich die Seligkeit kaufen könne, und dann ging ein Spendenkorb durch die Reihen. Die Leute gaben Geld, aber auch Schmuck, Armbanduhren und Ähnliches. Es war wie eine Gehirnwäsche, und plötzlich kam ich mir bedroht vor. Die Sache wurde mir in jeder Hinsicht zu heiß! Ich hatte nicht das Bedürfnis, meine Gruppe dort rein zu bringen. Ich bin Christ, ich gebe es weiter in privater Bibelschule, aber externe Gemeinden waren mir zu mafiös. Ich wollte meine Leute zu Gott bringen, nicht in eine Institution.

Ich weiß nicht mehr, ob es daran lag, dass im Versammlungsraum keine Klimaanlage installiert war – die Hitze und die ganze Situation wurden unerträglich, also bin ich aufgestanden, um nach draußen zu gehen. Da haben mich mehrere Leute zurückgehalten, richtig festgehalten und wollten mich nicht raus lassen.

Plötzlich war da wieder die Panik. Es erinnerte mich an die Kontrolle im Internat und bei den Großeltern. Ich riss mich los und veschwand wie von Dämonen gejagt.

✷

Jeden Samstag nach vier Uhr haben wir uns zu einer kleinen Bibelstunde zusammengesetzt. Wir lasen ein bestimmtes Thema aus der Bibel und sprachen dann darüber. Da kam immer viel hoch bei jedem einzelnen. Wir haben gebetet, geweint, gelacht und dazwischen viel gesungen. Das war immer eine klasse Zeit, denn nur wenn man über seine Erfahrungen spricht, können andere davon lernen. Manchmal brachte mein Personal jemanden mit, und so lernten wir den anderen, seine Familie und Freunde besser kennen.

Suely brachte mal ihren Mann mit, der bei der Polizei arbeitete. Er war begeistert von der Arbeit, aber auch von unserer Zeit mit Gott. Er wollte immer mehr wissen und hat auch gleich den nächsten Kursus belegt. Danach fragte er, ob noch ein Platz für ihn frei wäre, und er wolle bei der Polizei aufhören. Suely war so glücklich! Sie hatte jeden Tag Angst gehabt, dass ihr Mann im Dienst erschossen würde.

Natürlich haben wir ihn aufgenommen in unsere

Belegschaft, unsere bunte Familie, und auch er wurde ein sehr guter Arbeiter in unserem Salon.
Es war eine reich gesegnete Zeit, und ich spürte, wie Gottes Geist in dem Salon regierte.

...zeige ihnen, wie man fischt...

Immer öfter kamen Menschen von den Favelas, den Armenvierteln, zu uns an die Copacabana und lernten das Nagelgeschäft. Menschen, die vor Hunger mehr tot als lebendig gewesen waren, konnten nach einiger Zeit mit ihrer Arbeit ein ganz normales Leben führen und auch noch die ganze Familie ernähren. Auch Gillis Geschwister machten die Ausbildung und wurden nach und nach erfolgreiche Nageldesigner.

Zum Beispiel Berto, Gillis jüngster Bruder, ist ein unglaublich talentierter Nageldesign-Spezialist. Berto lacht immer, er ist ein fröhlicher Mensch und hat eine ganz besondere Ausstrahlung. Im Nu hat er einen großen Kundenstamm an reichen Leuten aufgebaut. Er pflegt ihn bis heute und mit seinem hohen Einkommen tut er viel Gutes für seine Mitmenschen.

Trotzdem gab es noch genug Armut in den Favelas. Gillis Mama erfüllte dort eine Aufgabe ganz anderer Art. Sie lief jeden Tag in den Supermarkt in der Favela. Dort bekam sie Lebensmittel, die nicht mehr ganz so schön aussahen, die aber noch gut waren. Daraus kochte sie eine kräftige, sehr leckere Gemüsesuppe. Sobald der feine Duft durch die Gassen zog, scharten sich hungrige Straßenkinder um das Haus. Mama verteilte das Essen an die Kinder und holte anschließend Papier und Stifte. Dann brachte sie den Kindern das Alphabet bei.

Zu Gilli sagte sie mal bei einem ihrer Besuche: diese Frau, Maria, musst du halten. Die ist auf dem richtigen Weg. Bald danach ist Gilli auch Christ geworden.

Gillis Mutter war eher esoterisch-spirituell. Einmal waren wir bei ihr. Dort war eine große Persönlichkeit. Er predigte Wiedergeburt (Inkarnation), wie im Buddhismus. Die Nichte eines Mannes war getötet worden. Plötzlich hat eine Frau begonnen zu sprechen. Es war die Stimme der Nichte. Sie hat mit den Leuten gesprochen und gesagt, dass sie bei ihrem Tod keine Schmerzen hatte. Ich hab in Zungen gesprochen und gesagt: „Gilli, das ist eine Lüge!" Aber er bestätigte: „Nein, das ist die Stimme des Mädchens!"
Da lief ich nach draußen. Bevor ich die Tür hinter mir schloss, hörte ich: „Fischer ist rausgegangen". Fast jede Frau in Rio heißt Maria, deshalb nannten mich viele „Fischer".

Gillis Mama hat mich gegen die aufgebrachte Gemeinde verteidigt. Sie ist eine Seele von Mensch! Sie ist nicht gegen die von mir erkannte Wahrheit angegangen, umgekehrt schon. Ich fühlte mich als Botschafterin Gottes und war nicht auf dieser Welt um ruhig zu bleiben. Ich bin nach Brasilien „auf Mission" gekommen, und auch wenn es manchmal unangenehm wurde, war ich doch immer in seinen Händen. Durch mein Durchsetzungsvermögen und indem ich gute Saat gestreut habe, hat sich Mamas Herz gewandelt. Mittlerweile ist sie ein aufgeschlossener Christ. Ich habe oft gebetet, dass sie für ihre guten Taten gesegnet würde!

✳

Die Arbeit im Studio war etwas ganz Besonderes und es war ein Segen, zu beobachten, wie die Menschen sich veränderten. Aus hungrigen, verzweifelten Taglöhnern entwickelten sich selbstbewusste, erfolgreiche Persönlichkeiten mit Zielen, die sie auch verwirklichten. Endlich konnten sie sich medizinische Versorgung leisten, was ihre Lebensqualität ganz bedeutend verbesserte. Viele hatten, als sie zu mir kamen, sehr schlechte oder keine Zähne. Ihr wachsendes Einkommen hat ihnen ermöglicht, die Zähne richten zu lassen. Sie konnten in eine bessere Wohngegend ziehen. Ihre Kinder kamen in angesehene Schulen und bekamen eine gute Ausbildung.

Mein Herzenswunsch, Menschen Mut zu machen und die Eingebung von damals – *„gib ihnen, was sie nicht haben"* – begann, sich zu erfüllen. Wenn ich in ein anderes Land gehe, muss ich mein ganzes Herz investieren und viel Geduld haben.

Gib den Menschen einen Fisch – das sättigt sie für einen Tag. Zeige ihnen, wie man fischt, dann sind sie ihr Leben lang satt (Indianisches Sprichwort)

Jesus war mit uns. Wir brachten unsere Schwächen zu ihm und er zeigte uns, wie wir sie zu Stärken wandeln und das Beste aus unserem Leben machen konnten. Wir lernten miteinander und aneinander.

Ich war so in meinem Element! Persönliche Selbstständigkeit für alle, die mein Angebot annehmen wollen. Und genau daran habe ich mich gehalten, jeden Tag aufs neue. Mein Tag hat um vier Uhr morgens begonnen. Zuerst bin ich am Strand gelaufen und zurück geschwommen. Am Erfrischungsstand hab ich mir dann eine Kokosnuss gekauft. Danach gings schnell nach Hause, ich hab geduscht, mich angezogen und dann ging es ab ins Geschäft. Unterwegs haben wir uns noch knackig frische Früchte geholt oder gleich dort verspeist. So hatten wir genug Kraft, uns den Herausforderungen zu stellen. Müdigkeit gab es bei uns nicht. Dazu hatten wir keine Zeit.

Was noch so alles passieren kann...

Selbstverständlich hatten wir neben unseren vielen beruflichen Aktivitäten auch ein Privatleben.

Unsere Hochzeit nach einem guten halben Jahr war sehr unspektakulär. Wir waren nur drei Personen:

Gilli, ich und Gott. Wir haben die Bibel in die Hand genommen und uns Treue geschworen. Offiziell geheiratet haben wir erst zehn Jahre später, als wir schon in Deutschland waren. Es war eine reine Formsache, damit Gilli Papiere hatte. Da sind wir zur Hochzeit nach Dänemark gefahren.

Ansonsten war das Leben außerhalb des Studios oft sehr aufregend. Einmal weckten uns Schüsse direkt unten auf der Straße. Wir haben aus dem Penthouse geschaut. Ein Mann hatte sein Auto geparkt, und Diebe wollten es ihm wegnehmen. Er wehrte sich mit einem Warnschuss und hat den Autoschlüssel weggeworfen. Plötzlich ist der Räuber ausgerastet und hat den Fahrer erschossen. Gellend zerschnitten die Schmerzensschreie des Verletzten die Nacht. Es war grässlich! Gilli hielt mich im Arm und drückte mir die Ohren zu. Als die Polizei kam, war der Mann tot.

Auch Touristen müssen sich in Rio sehr vorsehen. Den Straßenkindern ist jedes Mittel recht, um an Wertsachen zu kommen, mit denen sie etwas zu essen kaufen können.

Einer ihrer Tricks ist, Touristen auszurauben, sobald die Ampel für die Autos grün wird. Die Touristen trauen sich nicht, sie über die stark befahrene Straße zu verfolgen. Und wenn sie es doch tun, kommt es oft vor, dass sie überfahren werden. Auch Kinder sterben immer wieder bei solchen Aktionen.

Oft ging ich mit Gilli an den Strand. Als wir einmal so gemütlich saßen, sah ich am Horizont eine Sandwolke, die blitzschnell näher kam. Mehr als hundert Jugendliche rannten als Reihe über den Strand wie eine Walze. Gilli riss mich aus dem Liegestuhl – wenn ich nicht mitgerannt wäre, hätte er mich mitgeschleift. Er zog mich ins Meer, weil er wusste, dass die Meute nicht ins Wasser geht. Viele Leute wurden ausgeraubt, verletzt, geschlagen, getreten. Einige sind in Panik auf die Straße gerannt und haben Unfälle verursacht.

Oh, mein Gott! Gilli hat mir so oft das Leben gerettet, er ist mein – ziemlich beschäftigter – Schutzengel. Das bisschen Geld, das wir am Strand brauchten, verwahrte er in der Badehose.

Zum Laden liefen wir ungefähr einen Kilometer. Mit dem Auto zu fahren wäre sinnlos gewesen, weil es viel zu wenig Parkplätze gab. Einmal kamen wir auf dem Heimweg am Kino vorbei. Plötzlich drückte mich Gilli an die Hauswand und hielt mir den Mund zu. Zwei Männer hatten ein älteres Ehepaar aus ihrem Auto gezogen und bedrohten sie mit der Pistole. Als sie das Paar so richtig eingeschüchtert hatten, fuhren sie mit dem Auto weg. Das alles ging blitzschnell – am helllichten Nachmittag... Die zwei standen wie begossene Pudel ohne Auto da.

Kenjinja – Take-away-Essen

Im Studio ging es heiß her. Jeder hatte acht bis zehn Kunden am Tag. Da war kaum Zeit für eine Pause. Einer von uns musste einkaufen gehen und Mittagessen holen. Ich kaufte immer drei bis vier Portionen, weil ich nicht widerstehen konnte, wenn mich Kinder um Essen anbettelten. Ab und zu kam es vor, dass ich wieder zurück zum Imbiss musste, um nochmal Essen zu kaufen.

Einer der kleineren Jungs lief immer barfuß rum. Ich fragte ihn:
„hast du keine Schuhe?"
Er sah mich mit seinen großen, schwarzen Augen an: „nee."
„Komm mal mit, mein Junge", sagte ich, und er folgte mir zum nächsten Schuhgeschäft. Ich erfüllte ihm seinen Wunsch und kaufte ihm Adidas-Schuhe. Am nächsten Tag kam er wieder barfuß. „Wo sind deine Schuhe?", fragte ich.
„Zu Hause. Mama sagt, die darf ich nur am Sonntag in die Kirche anziehen. Unter der Woche werden sie geklaut, da muss ich sie den großen Jungs geben."
Also sind wir nochmal in den Schuhladen gegangen und ich habe ihm Turnschuhe gekauft, aber diesmal billige für die Wochentage.

✴

Die Polizei hat einen Einbrecher in den Bauch geschossen und ihn an einen eisernen Fahrradständer angekettet. Er ist bereits in verschiedene Geschäfte neben dem Nagelstudio eingebrochen. Aber das ist doch kein Grund, ihn so zu behandeln! Ich will ihn befreien, aber Gilli hat mir verboten, ihm zu helfen. Die Polizei gibt ihm recht: „lassen Sie ihn liegen und verschwinden Sie! Er wusste, dass sowas passieren kann, und das schreckt andere ab, das gleiche zu versuchen. Gehen Sie nach Hause und seien Sie dankbar. Wir schützen Sie doch!"

Das ist etwas, was ich nicht verstehen kann. Jesus hat den Menschen immer eine weitere Chance gegeben. Sogar denen, die ihn getötet haben, hat er vergeben. Seine Statue steht majestätisch auf dem „Zuckerhut", aber die gut christliche Bevölkerung lässt solche Grausamkeiten zu. Wie verzweifelt muss ein Mensch sein, um Einbrecher zu werden. Ich musste zulassen, dass der Mann dort verblutete. Immer leiser hat er gerufen und war irgendwann still.

Wir sind mit dem Bus zu Gillis Mutter gefahren. Dabei kamen wir durchs Armenviertel. Plötzlich entstand auf der Straße ein Aufruhr, und der Busfahrer hat gerufen:
„auf den Boden!" Gilli hat mich zu Boden geworfen und runtergedrückt. Im selben Augenblick ist ein Kugelregen auf den Bus geprasselt. Mir schoss es durch den Kopf: „wars das jetzt? Sterbe ich jetzt?" Dann war es vorbei. Alle Scheiben waren zertrümmert, die Karosserie durchlöchert. Bandenkriege sind voll übel! Aber wir sind heil ans Ziel gekommen.

Durch dieses Erlebnis wurde mein Glaube gestärkt: wenn Gott mir einen Auftrag gibt, behütet er mich auch! Ziemlich bald danach hab ich wieder so etwas erlebt. Manchmal hab ich echt mehr Glück als Verstand!

Kriminell

Weil ich unsere Tageseinnahmen zur Bank bringen wollte, hatte ich meinen Aktenkoffer bei mir. Auf dem Weg kamen Mira und ich am Supermarkt vorbei, und ich gab ihr die Aktentasche, weil ich im Supermarkt Früchte kaufen wollte. Das Geschäft war offen, also ohne Schaufenster.

Während ich so durch den Supermarkt schlenderte, fiel mir plötzlich auf, dass alle Menschen wie versteinert standen, wie im Wachsfigurenkabinett oder in einem schlechten Traum. Eine Frau flüsterte mir zu: „beweg dich nicht, sonst erschießen sie den Geschäftsführer!"

Da kam der Räuber aus dem Büro, den Geschäftsführer am Wickel, in der anderen Hand die nach oben gerichtete Pistole. Wenn ich was hasse, sind es Gewalt und Ungerechtigkeit. Instinktiv wollte ich auf den Typen los und ihm eine knallen.

Plötzlich hörte ich ganz klar und deutlich Gillis Stimme:
„riskiere nie dein Leben für fremdes Geld!" Wie oft hat er mir das gesagt, und er hat ja recht. Trotzdem juckte es mich, und ich musste mich extrem zu-

sammenreißen. Sowas ist unendlich anstrengend! Innerlich kochte ich vor Wut! Ich wollte dem Typen eine schießen, ihn zusammenschlagen! Aber er verschwand mit dem Geld und kam ungeschoren davon...

Meine innere Stimme hat mich oft vor Gefahren gewarnt, und diesmal hatte ich Gillis Stimme noch im Ohr, als ich aus dem Supermarkt kam. Genau – Gilli! Wo war er überhaupt? Er wollte mich vor dem Markt treffen...

Mira hatte schnell begriffen, dass drin die Kassen ausgeraubt wurden. Da hat sie sich ganz unauffällig mit den Tageseinnahmen aus dem Staub gemacht. Spannung pur!

Gilli hat mich tatsächlich im Supermarkt vergessen. In Gedanken versunken war er nach Hause gegangen und hat sich auf die Couch geflegelt. Als ich mit Tüten und Taschen beladen heimkam und ihn anschnauzte, wo er denn gewesen sei, war sein Gewissen rein wie der azurblaue Himmel über dem unendlichen Meer.
„Hey, komm runter, was ist los?", fragte er überrascht und setzte sich auf.
„Stichwort Supermarkt, gemeinsam einkaufen!"
„Ooh, hab ich vergessen."
„Ja", sag ich, „du hättest fast eine tote Frau gehabt!"
„Nee!"
„Doch!"

Aktenkoffer haben was Magisches. Einige Wochen nach dem Supermarkt-Erlebnis wollte ich wieder mal heim, beladen mit zwei Tragetaschen voller Einkäufe und dem berühmt-berüchtigten Aktenkoffer. Nur noch ein Block, und ich bin zu Hause.

Als ich die Gruppe von etwa acht Jugendlichen sehe, ahne ich Böses. Sie kommen direkt auf mich zu. Einer hat ein Messer in der Hand. Nicht schon wieder! Ich dreh mich um und will zurück zum Supermarkt. Ach so, die kommen auch von hinten. Tja. Scheibenkleister, die ganzen Tageseinnahmen! Das kann nicht sein! Ich steh da, guck den mit dem Messer an. Der sagt:

„Tante – du gibst mir jetzt ganz langsam die Handtasche und die Aktentasche. Dann verschwindest du ohne Theater, und dir wird nichts passieren. Da platzt mir der Kragen:
„ihr Dreckschweine, habt ihr keine Erziehung gehabt? Was denkt ihr euch eigentlich?"

Ich bin außer mir, schreie so laut, dass ganz viele Leute aus Fenstern und Türen gucken. Wie Ratten verschwinden die Jugendlichen in der Dunkelheit. Ich stehe mitten auf der Straße mit meinen Tüten und den Tageseinnahmen. Und ich merke: vor Angst und Erleichterung hab ich mir in die Hose gemacht, wie schon damals in Amsterdam...

Was auch passiert, auch wenn es mir mal zeitweise den Boden unter den Füßen weg zieht – das Grundvertrauen ist da: ich bin immer behütet!

Ich habe so viele Erfahrungen gemacht, gute und schmerzliche. Sie machen mich aus, und niemand kann sie mir nehmen. Junge Mädels suchen bei mir Rat, nicht bei ihren Müttern. Fremde vertrauen sich mir an und finden ein offenes Ohr. Verarschen lasse ich mich nicht, dazu hab ich zu viel erlebt. Aber wer echt Hilfe braucht oder einfach mal seine Seele ausschütten will, der ist bei mir richtig.

Abgebrochene Nägel und Robert Redfords Bild

Eine sehr bekannte brasilianische Hollywood-Schauspielerin wollte in ihrem Urlaub unbedingt Fischer Nails, weil sie schon so viel von mir gehört hatte und gerade einige ihrer Nägel kaputt waren. Ihre Informanten kamen ins Nagelstudio und haben mich für einen Tag gemietet. Per Ultraleicht-Heli ging es mit meinen Tools und Produkten nach Nord-Brasilien in eine kleine Provinzstadt, wo gerade ein Film gedreht wurde.

Im Hotelzimmer der Schauspielerin musste ich lange auf sie warten. Neugierig habe ich mich umgesehen. Auf ihrem Nachttisch stand ein Bild von Robert Redford. Gedankenverloren habe ich es genommen und angeschaut. Irgendwann bin ich auf ihrem Bett eingeschlafen – mit Robert Redfords Bild in meinen Armen.

Es war eine lustige Zeit mit ihr; sie ist ein fröhlicher Mensch. Auf einem Bügelbrett im Badezimmer habe ich ihre drei kaputten Nägel repariert und wir haben über unser Leben gesprochen. Sie war überwältigt und hat mich am Abend ihrem Ensemble vorgestellt. Wir haben alle zusammen gegessen, und ich habe Robert Redford gesehen.

Ein Chauffeur mit Limousine hat mich zum Flieger gebracht und in Rio war auch alles organisiert, so dass ich wohlbehalten zu Hause ankam. Der ganze Spaß hat mir 800 Dollar und ein unvergesslich schönes Erlebnis eingebracht.

Einige Zeit später kam sie nochmal mit kleinem Gefolge zu mir ins Studio. Einer von ihnen hat sich auf einen Stuhl gesetzt, und der Stuhl ist unter seinem Gewicht zusammengebrochen. Oh, mein Gott, haben wir gelacht!

Kleine Eitelkeiten – meine neue Figur

Es ist nicht nur der Lippenstift, den eine Frau in Rio trägt, wenn sie was auf sich hält. Andere Schönheitsideale sind etwas schwieriger zu erreichen, aber mittlerweile habe ich ja genug Geld, da etwas nachzuhelfen. Gilli ist begeistert.

Wenn ich was im Kopf habe, mache ich es sehr zeitnah. Das Fett an meinen Oberschenkeln muss weg. Ich bin es leid, die Reiterhosen ständig mit mir rumzutragen. Das Beratungsgespräch beim Schönheitschirurg ist fast vorbei. Die geplanten Schnitte sind mit dem Stift eingezeichnet und Gilli wünscht mir noch alles Gute zur OP. Plötzlich habe ich eine

Idee: „sagen Sie, können Sie mir mit dem abgesaugten Fett einen brasilianischen Po machen? Im Vergleich zu den brasilianischen Hintern ist er viel zu flach!"
„Oh, klar, das geht ganz leicht. Was wir an der Hüfte rausholen, kommt in Po und Busen.

Am nächsten Tag bin ich wieder zu Hause. Noch arbeite ich nicht selbst, das Sitzen spannt ganz ordentlich in der Po-Gegend. Ich habe ja genug Angestellte, sowohl bei der Arbeit als auch zu Hause. Wenn man reich ist und niemanden einstellt, ist man ein armseliger, gemeiner Geizkragen. Geiz ist die Armut der Reichen. Ich habe eine ganze Armee von Angestellten: Wächter über die Arbeiter, eine Bügelfrau, eine Reinigungskraft für unsere Wohnung, eine, die unsere Wäsche macht und eine Köchin.

Ich drehe mich vor jedem Spiegel und kann mich kaum losreißen von dem neuen Anblick. Auch Gilli freut sich über meine neue Figur: schlanke Beine, sehenswert runder Po und wohlgeformte Brüste.

Unsere „Fischer Nails"- Seminare

Die Wochenenden waren mindestens genau so arbeitsreich wie Montag bis Freitag. Jedes Wochenende boten wir in einer anderen Stadt Kurse an, sonntags und montags. Wir begannen mit einer morgendlichen Entspannung und beteten zusammen. Die Theorie dauerte bis zwölf Uhr, geleitet von vier bis fünf Mitarbeitern aus dem Team, moderiert von Mira.

Ursprünglich wurden Kunstnägel für Nabelbeißer erfunden. Die stabilen und extrem harten Nägel lassen den geplagten Menschen keine Chance, weiter zu beißen. Unter dem Schutz des Kunstnagels hat der eigene Nagel Zeit, sich zu erholen und zu wachsen. Das dauert, und im Laufe der Wochen ändern sich auch die Gewohnheiten des Nagelbeißers.

Mit der Zeit sind schöne, elegante Nägel entwickelt worden mit winzigen Steinchen und fein gemalten Ornamenten. Echte Schmuckstücke, die die Hand optisch verlängern und einen Hauch von Luxus vermitteln.

✳

Nach der Stunde Mittagspause und einem gemeinsamen Essen präsentierte einer der Nagel-Spezialisten eine komplette Modellage. Mit genauer Anleitung modellierten die Schüler ihre ersten Nägel auf Schablonen aus Plastikfolie, eine linke und eine rechte Hand.

Ich habe ein besonderes System entworfen, mit dem man schnell, sauber und effektiv arbeiten konnte. Fünfzehn Minuten war meine Rekordzeit, in der ich ein neues Set Nägel gemacht habe. Wenn ein Schüler seine ersten Kunden macht, braucht er pro Person drei Stunden.

Wenn wir am Sonntag fertig waren, sagte ich immer: „morgen müsst ihr alle ein Modell mitbringen!"
Oft hörte ich: „ich finde auf die Schnelle kein Modell!"
Die Ausrede kannte ich gut, und ich schickte die Schüler hinter das Hotel.
„Sprecht die Mädels dort an; ihr werdet sehen, da gibt es ganz viele Frauen, die brauchen alle Nägel!"

Irritiert erzählten sie das der Mira und baten sie, mir in einer stillen Stunde unter vier Augen schonend beizubringen, dass diese Frauen alle Prostituierte waren. Belustigt trug Mira mir die Botschaft zu. Ich grinste und klärte die Teilnehmer in der nächsten Stunde auf:
„keine Sorge, das wissen wir. Das macht aber nichts. Leute, die brauchen eure Nägel, also holt die Mädels hier her!"

Es sprach sich sehr schnell herum, dass Prostituierte ihre Nägel immer gratis bekamen. Dafür erzählte ich ihnen von Gott und von den Möglichkeiten, die ihnen offen standen.

Viele wollten das nicht: „da wäre ich schön dumm! Einmal im Monat mit einem Kerl schön essen und dann mit ihm ins Bett, da verdiene ich mehr als ein Monatsgehalt von Nageldesign-Spezialisten!"
Ja, die Wertvorstellungen gingen auseinander, aber egal. Jedes der Mädels war bei uns willkommen.

Mein Rat an meine Schüler zum Abschluss: „ übt zuerst mal an Leuten, die ihr nicht so mögt und versucht euch erst, wenn ihr ganz sicher modellieren könnt, an Familie und guten Freunden.

※

Gilli hat nach einigem Suchen und nach Preisvergleichen in einer Fabrik kleine Töpfe und Flaschen gefunden, die unsere Anforderungen erfüllen. Sie müssen fest verschließbar sein, damit das Liquid länger haltbar ist und nicht verdunstet. Das Zeug ist ja außerdem schnell entflammbar. Es ist darin vor Licht und vor dem Austrocknen geschützt. Wir bestellten die Gefäße in großen Mengen.

Unser Logo war fertig und prangte überall, wo Werbung Sinn machte: auf den Etiketten unserer Produkte, auf Schulungsprogrammen, Flyers etc.

Die Wochenend-Kurse hatten lange Wartelisten. Mit den Einnahmen kaufte ich die Produkte. Unter Gillis Anleitung füllten meine Leute Porzellan-Pulver und das Liquid in die kleinen Gefäße, versahen sie mit unseren Etiketten und einer kurzen Gebrauchsanweisung und richteten kleine Taschen mit der Grundausrüstung. Die wurden nach dem Kurs um 16 Uhr verkauft. Eine weitere, sehr lukrative Einnahmequelle.

Also, ich muss echt sagen: wenn ich heute nach Rio gehen und über die richtigen Leute publik machen würde: „Fischer Nails ist zurück", würden alle Stars wieder kommen. Samba-Sängerinnen, Folklore-Stars und viele andere. Ich war Stargast bei Haebe, die noch heute Moderatorin des Unterhaltungsprogramms im Kanal „Record" ist. Ein Wort von ihr würde genügen – heute ebenso wie damals. Ja, „Fischer Nails" hat sich einen Namen gemacht. Wir sind ein Promi-Laden, der einen Service allererster Klasse bietet, für den man dann auch richtig Kohle hinlegen muss.

Echte Freundschaften

Ja, die hatte ich, das kann ich wohl sagen!

Eine Freundschaft musste ich leider loslassen. Ich bin Geschäftsfrau und wie ich schon sagte, gab es bei uns aus gutem Grund strenge Regeln, die ich konsequent einhielt. Unsere deutsche Pünktlichkeit wurde Mira auf Dauer zum Verhängnis. Sie hielt sich für allzu unentbehrlich und kam des öfteren zu spät. Mehrere Verwarnungen brachten nicht wirklich was. In ihrer Position sahen die anderen sie als Vorbild und es bestand die Gefahr, dass die Regeln verwässerten. Als ich Mira aus diesem Grund kündigte, konnte sie es nicht glauben, aber so schmerzlich es für mich war – mal ganz ehrlich: wenn ich selbst mich nicht an meine Regeln hielt, wer dann? Ich glaube, sie hat es mir bis heute noch nicht verziehen.

✳

Aber jetzt will ich von einer großartigen Frau erzählen, der ich zu großem Dank verpflichtet bin! Wir sind uns heute noch sehr herzlich verbunden. Sie ist wie eine große Schwester für mich, die ich mir ja auch immer gewünscht hatte.

Okay, mal von vorne: das Studio lief ein Jahr lang hervorragend. Mittlerweile hatte ich fünfzehn Personen beschäftigt, und der Raum wurde zu eng. In den Kursen hatte ich viele gute Leute ausgebildet. Immer öfter dachte ich daran, eine Filiale zu eröffnen.

Deshalb habe ich mich bei meiner Bank über verschiedene geschäftliche Möglichkeiten informiert. Wirklich dumm war, dass Frauen als Geschäftspartner nicht akzeptiert wurden. Der Handschlag von Männern galt wesentlich mehr als die Kompetenz einer Frau.

Celia Silveira, die Dame, die für meine Finanzen zuständig war, hat mich sehr kompetent beraten, wie ich am besten alles unter einen Hut bekomme. Es war eine organisatorische Höchstleistung, und wir haben uns öfter getroffen. Meistens haben wir unsere Pläne im Restaurant beim Essen ausgearbeitet. Anfangs nur einmal im Monat, später einmal wöchentlich. Bei diesen Terminen haben wir uns besser kennengelernt, und wir wurden mit der Zeit sehr vertraut. Bis heute sind wir allerbeste Freundinnen. Sie hat mich nie enttäuscht.

Das Ergebnis unserer Treffen ließ sich sehen: ich gründete eine Filiale in einem anderen Teil von Rio mit sechs Spezialisten und bald darauf die zweite in einem weiteren Viertel mit fünf Nageldesignern. Meine Ausdauer und mein Glaube an meine Mission halfen mir, sauber ins Geschäft zu kommen. Das Konzept bestand aus drei Säulen: Nagelstudios, Kursen und Produkteverkauf.

Celia hat mein Geld immer zuverlässig verwaltet und verteilt. So hatte ich den Kopf frei für Dinge, die ich besser kann. Ich bin ihr noch immer dankbar dafür. Durch die Inflation war ich mit dem Finanzkram hoffnungslos überfordert, aber für sie war es eine Freude, so souverän, wie sie mit Zahlen jongliert hat!

✻

Viele meiner Schüler waren zu eigenständigen, kreativen Persönlichkeiten geworden. Spezialisten, die sich in den reicheren Stadtteilen selbstständig machten. Wie die Pilze schossen Nagelstudios aus dem Boden. Im Nu war ein neuer Geschäftsraum eingerichtet, und die Mädels und Jungs legten los. Die ersten 50 Kunden bekamen ihre Nägel gratis, und so wurden die „Fischer Nails" immer berühmter.

Zwei Seiten einer Medaille

Eine reiche Kundin, Leiterin einer Samba-Schule, hatte sich in den Kopf gesetzt, dass wir mit dem ganzen Nagel-Team beim Karnevals-Umzug mitlaufen sollten. Also ehrlich, mir war das zu viel. Wir hatten von früh bis spät zu tun, aber mein Team hat mich bedrängt, diese einmalige Gelegenheit zu nutzen. Für sie als Brasilianer war diese Einladung eine große Ehre, egal wie anstrengend es auch werden sollte und so tat ich ihnen den Gefallen.

Der Treffpunkt war ein gutes Hotel. Ungefähr 150 Clowns, in weiße Gewänder gekleidet und dick mit Füllmaterial ausgestopft, warteten darauf, von uns geschminkt zu werden. Alle Darsteller waren vollgepumpt mit Alkohol, damit sie lustig waren und das Spektakel durchhielten. Mir fiel auf, dass die Clowns immer öfter zuckten, wenn ich sie mit dem Schminkstift berührte. Deshalb habe ich energisch ihre Köpfe festgehalten. Als das Zucken immer stärker wurde habe ich mal nach dem Grund geschaut. Oha, der Stift war abgenutzt, statt sie zu schminken habe ich sie tätowiert! Die Clowns haben das einfach so hingenommen; sie waren so besoffen, dass sie die Ursache der Schmerzen nicht mitbekommen haben.

Mit Bussen sind wir in die Stadtmitte gefahren. Am Sammelplatz merkte ich plötzlich, dass ich auf die Toilette musssste, aber da war weit und breit keine. Und wegen der unerträglichen Hitze mussten wir ja viel trinken. Die anderen merkten, was mit mir los war und schlugen vor, einen Kreis aus Teammitgliedern um mich zu stellen, damit mich kein unbefugtes Auge bei meiner Aktion beobachtete. Da fragte ich mich, ob die anderen das Problem nicht auch hätten.

Sehr schnell habe ich mitbekommen, dass die anderen es einfach laufen lassen. Das habe ich dann auch gemacht, oh, mein Gott, es war die Hölle! Jetzt wusste ich auch, warum es außer nach Alkohol und Schweiß auch so penetrant nach Pipi stank!

Weiter ging es. Wie eine Rinderherde wurden wir herumgescheucht. Auf Kommando mussten wir lächeln, tanzen, wurden angetrieben – los los, schnell schnell oder: Halt, langsamer... der Zeitplan musste minutiös eingehalten werden. Überall waren Kameras installiert und wir tanzten unsere Samba-Schritte und lächelten.

Es war reine Ausbeutung, Schikane, eine Tortur! Nie wieder werde ich bei sowas mitmachen!

Mittlerweile war mir auch klar, was so hinter den Kulissen ablief. Wie sehr die Mafia die Fäden zog, wie Zuhälter ihre Prostituierten verkauften. Der Anschein, es sei eine Ehre, beim Umzug mitzumachen, trieb viele Menschen finanziell, psychisch und oft auch gesellschaftlich in den Ruin. Viele sparten sich das Geld für ein Kostüm das ganze Jahr lang vom Mund ab, hielten ihre Familien am Existenzminimum oder nähten das Kostüm selbst, monatelang, neben ihrer harten Arbeit, das Training für die Performance nicht zu vergessen. Und nach wenigen Stunden war alles vorbei, zerflossen in Oberflächlichkeit. Touristen und Volk schauen zu – symbolisch für die Zuhälter, und die Organisatoren und Samba-Schulen kassieren das Geld – sinngemäß vergleichbar mit der Mafia. Der Schein trügt, am Ende ist alles nur Kommerz und Illusion.

※

So. Jetzt möchte ich nochmal Gilli würdigen, der ein ganz feiner, sanfter Mensch ist. Trotzdem kann er sich – auf seine ganz eigene Art – durchsetzen, wenn es nötig ist.

Jorge, mein zweiter Mann, der brasilianische Tänzer, war in Deutschland geblieben und hat in Berlin eine Capoeiraschule eröffnet. Dann wurde er wegen Unstimmigkeiten ausgewiesen und kam zurück nach Brasilien. Durch meine Nagelstudios war es ein Leichtes für ihn, mich zu finden. Ziemlich fordernd kam er in den Laden und verlangte Geld. Gilli ist einfach nur aufgestanden, das hat schon gereicht. Diese Geste und ein drohender Blick waren nachdrücklich genug. Er ist einfach ein feiner Kerl und löst ganz galant auch sehr unangenehme Situationen.

Auf einer Fahrt im voll beladenen Linienbus hat ein Typ sein bestes Stück am Arm einer Dame gerieben. Das war ihr natürlich höchst peinlich; sie wusste nicht, wie sie sich wehren sollte. Gilli hat das eine Weile beobachtet und hat dann ganz leise in mein Ohr geflüstert: „entschuldige mich eine Minute". Er hat sich im vollen Bus bis zu dem Mann vorgedrängt, hat ihn im Genick gepackt, ist mit dem Mann nach vorne gegangen und hat den Busfahrer gebeten: „können Sie bitte anhalten, ich muss mal schnell Müll entsorgen!"

Dann hat er den Mann mitten in der Pampa abgesetzt und sich bei der Frau entschuldigt, weil er auch ein Mann ist.

Oh, mein Gott, diesmal hat mir der Höchste wirklich den allerbesten Mann an die Seite gegeben!

Import – grenzüberschreitende Erlebnisse

Immer wieder musste ich in die USA fliegen, um meine Produkte einzukaufen, und auch später musste ich Ware nach Brasilien importieren. Celia war einfach die Beste und hat mich über die Ländergrenzen hinaus ausgezeichnet beraten und unterstützt. Sie hatte einen grandiosen Überblick über wirtschaftliche Veränderungen und schichtete mein Geld sofort um, wenn es an einer Stelle brenzlig wurde.

Sie ist mir sehr ans Herz gewachsen und ich danke Gott, dass er sie an meine Seite gesetzt hat, um mir beizustehen. Mit mir ist sie buchstäblich durch dick und dünn gegangen! Celia hat Jesus auch angenommen. Sie ist die einzige Freundin, die ganz nah an meinem Herzen ist. Wir haben heute noch einen guten Kontakt.

Jahre später bei einem meiner Besuche hat Celia mich vom Flughafen abgeholt. Wie von tausend Teufeln gejagt ist sie durch Rios Straßen gerast und hat an keiner roten Ampel angehalten. Ich klammerte mich an meinen Sitz, an den Türgriff und ans

Armaturenbrett, je nachdem in welcher Richtung der Wagen gerade schief hing.
„Schatz, pass auf, halt, stop, die Ampel ist rot!", rief ich und sah uns schon blutend um die nächste Straßenlaterne gewickelt.
„Maria, relax, meine Süße!", lächelte Celia lässig. „Du weißt doch, nach 6 Uhr hält man nicht mehr an roten Ampeln, weil man sonst beklaut oder ausgeraubt wird. Das ist heute noch so wie damals..."

✳

Ach ja, die Rückflüge aus den USA, nachdem ich die Produkte gekauft hatte! Mit kugelrunden Taschen voller Nagelkosmetika – das war auch so eine Sache. Beim Packen legte ich obenauf immer kleine Geschenke. Dass die Zöllner mit allem Geld machten, war mir schon von Anfang an klar.

Das ging dann so: „haben Sie Waren, die verzollt werden müssen?"
Wortlos öffnete ich meine Koffer und Taschen und deutete lächelnd auf die verlockenden Päckchen: „das oberste ist für Sie!"
„Gehen Sie durch, alles in Ordnung!" Ich drückte die Koffer zu und flutsch – war ich wieder in Brasilien. Ganz galant. Manchmal kam es vor, dass ein Zöllner schon ein ähnliches Paket hatte. Dann zeigte ich ihm weitere verborgene Köstlichkeiten, die er gerne annahm.

Anfangs hatte ich Niederlassungen in Bela Horizonte im Norden von Brasilien, in Porto Alegre und

Santa Catarina im Süden. Durch die vielen Schüler aus dem gesamten Land, die erfolgreich unsere Kurse absolvierten, gab es bald überall in Brasilien Nagelstudios. Wir kauften die Produkte in riesigen Mengen in den USA, belieferten die Zwischenhändler, und Repräsentanten übernahmen den Produkteverkauf für die Studios.

✳

Ein renommiertes Network-Unternehmen kam von Amerika nach Brasilien. Weil ich gerne neue Herausforderungen annehme, habe ich in meiner freien Zeit Leute angesprochen, die etwas in ihrem Leben verändern wollten, die aber wenig Geld hatten. Auch dieses Geschäft lief gut an, und Gilli stieg mit ein.

Für die Präsentationen sind wir manchmal sehr weit gefahren, um die Leute zu Hause zu besuchen. Für Gilli war es eine elende Quälerei, bei 40 Grad Hitze und bei der hohen Luftfeuchtigkeit in Anzug und Krawatte rumzulaufen. Glücklicherweise hat er das souverän gemeistert und hat sich nicht anmerken, dass er fast verging.

Einer unserer Interessenten wollte das Geschäft wirklich machen, das hab ich deutlich gemerkt, aber er hat so komisch rumgedruckst. Im Gespräch erfuhr ich ein paar erschütternde Details. Die Familie hatte fünf Kinder, aber nur zwei Betten. Die Kinder gingen nicht zur Schule, weil sie Angst hatten, von „den Großen" ausgeraubt und verprügelt zu werden. Es war eine Slum-Schule, und da war das Alltag.

Ich hab dem Mann den Vergütungsplan auf eine Tafel gemalt. Er hat gesagt, dass er das richtig toll finde, es aber selbst nicht könne.

Als ich ihn nach dem Grund fragte, meinte er, dass er erstens Analphabet sei und zweitens kein Geld habe.
Ich fragte ihn: „kennst du denn Leute, die das machen könnten?"
„Klar, ich hab massig Freunde!"
„Also", sagte ich, „bring deine Freunde hier her und ich zeige euch allen, wie einfach das ist!"
Sein Geschäft lief gut an, und er kaufte ein schöneres, größeres Haus in einer besseren Wohngegend. Seine Kinder konnten alle in eine gute Schule gehen. Und jedes von ihnen bekam sein eigenes Bett.

Glückliche Wiedervereinigung

Eigentlich hätte ich wunschlos glücklich sein können. Gilli und ich waren ein wundervolles Team und liebten uns sehr. Ich hatte drei Geschäfte, die sensationell gut liefen. Über tausend liebe Menschen – darunter auch die vier Geschwister von Gilli – hatten bei mir das Handwerk Nageldesigner gelernt. Ich importierte hochwertigste Produkte aus den USA und sorgte für einen bemerkenswerten Umsatz. Das Wichtigste nicht zu vergessen: wie viele Menschen durch unsere tiefgreifenden Gespräche und innigen Gebete zum Glauben kamen.

Trotz des riesigen Erfolges blutete mein Herz, wenn ich an meine Tochter Sonya dachte. Aber Gott ist ein guter Gott, und wenn wir treu sind und ihm vertrauen, bringt er auch alles zum Besten.

Eines Tages rief mich James an, Sonyas Papa. Er wollte, dass ich mein Sorgerecht für Sonya abgebe. Ein Lehrerehepaar wolle sie adoptieren, und ich müsste die Formalitäten unterschreiben. Er meinte, dass ihr es da sehr gut ginge.

Ich wunderte mich. Sonya war mittlerweile siebzehn Jahre alt und hätte selbst entscheiden können, wo sie leben wollte. Dann sagte ich:
„ich denke darüber nach. Aber zuerst möchte ich mit ihr sprechen!"
Plötzlich war Sonya am Telefon:
„hallo, bist du das? MAMA?"
„Oh mein Gott!" Mein Herz blieb stehen! Mein Kopf war plötzlich ganz leer, aber ich musste schnell handeln. Wer wusste schon, wie lange ich sie am Telefon hatte...
„Ja, ich bin's! Sonya, ich möchte, dass du dir eine Nummer im Kopf merkst, die ich dir sagen werde, und ich werde sie drei mal wiederholen. Dann legst du auf und wenn dein Papa nicht mehr in deiner Nähe ist, wählst du diese Nummer. Die Rechnung geht dann automatisch an mich, und du kannst mich immer anrufen, ohne dass er davon weiß!
Gesagt, getan! Ich sagte ihr die Nummer und es machte klick. Die Leitung war unterbrochen!

Da brach alles aus mir raus, der ganze Schmerz, die lange Trennung von meiner Tochter – wie viel haben wir verpasst! Ich weinte so heftig, dass Gilli richtig Angst bekam. So kannte er mich gar nicht!
„Was ist denn passiert, um Himmels Willen!?"
Mein Kopf war leer; ich konnte nichts denken, nichts sagen. Als ich mich etwas beruhigt hatte, erzählte ich ihm, was gerade passiert war.

Wir haben zusammen geweint und gelacht und getanzt vor Freude und ich sagte zu ihm: „siehst du, wie groß mein Gott ist? Wenn wir uns um seine Kinder kümmern, kümmert er sich um meins!

Am selben Tag noch rief Sonya mich an. Wir haben uns stundenlang unterhalten. Es war mir egal, wie viel es kostete, Hauptsache ich hatte endlich wieder Kontakt mit meinem Kind!

✻

Das waren immer die schönsten Stunden, die Gespräche mit meiner Tochter! Als Sonya dann endlich achtzehn wurde, hat sie mich gefragt, ob sie mich besuchen dürfe. „Na klar!", freute ich mich, und schon bald durfte ich sie vom Flughafen abholen.

Was für eine wundervolle Zeit kam da auf uns zu! Wir hatten lange Gespräche und lernten uns so richtig kennen. Ich merkte bald, dass sie viel von mir hatte. Sie hatte in ihrem jungen Leben Schweres durchgemacht. Ja, Sonya ist auch ein „Stehaufmännchen".

Zum Teil waren es sehr intensive, emotionale Gespräche. Natürlich musste auch sie den Schmerz erstmal verarbeiten. Wenn jemand zu einem kleinen Kind sagt: „deine Mama ist eine Nutte und sie will von dir nichts mehr wissen und ist deshalb nach Brasilien ausgewandert und lebt in einer Sekte", also, wenn man da keinen Knaks bekommt, dann weiß ich auch nicht!

Aber sie ist ein kluges Mädchen und hatte ihre eigene Meinung!
Gott sei Dank hat sie einen starken Charakter, sie wurde sozusagen durch ihre Probleme in der Vergangenheit gestärkt. Auch wenn sie mich belächelt, weil ich einen so starken Glauben habe, hat doch Gott mit ihr gearbeitet.

Ich habe losgelassen und sie einfach nur geliebt. Das war nicht immer leicht, denn ich wollte Mama sein und ihr alles beibringen. Diese Zeit aber war vorbei. Deshalb musste ich ihr einfach vertrauen, genießen und sie lieben.

Einmal wollten Sonya und Mama auf die Pirsch gehen, einfach so, ohne Sicherheitsvorkehrungen. Wir sind durch Hotels, Bars, Kneipen und andere Locations gezogen, haben Cocktails getrunken und uns köstlich amüsiert. Sonya wollte noch in eine Disco. Das war mir nicht so recht. Trotzdem sind wir hingegangen und haben total die Zeit vergessen. Ich war fast die ganze Zeit damit beschäftigt, zu gu-

cken, dass Sonya nichts passiert, dass ihr niemand was ins Glas gegeben hat und so. Ein Telefon hatte ich nicht dabei. Als wir morgens um vier nach Hause gekommen sind, stand Gilli am Fenster.
„Na, kommt ihr jetzt schon? Dann kann ich ja schlafen gehen!" Er schickte Sonya ins Bett. Dann kam er ganz nah an mich heran und schaute mich sehr eindringlich an: „Bitte mach das nie wieder!", sagte er nur. Dann hat er sich auf die Couch gelegt und ist eingeschlafen.

Am nächsten Morgen haben wir nochmal darüber gesprochen. Gilli hatte die ganze Nacht lang schreckliche Angst um uns gehabt und sich bittere Vorwürfe gemacht, weil er nicht mitgegangen ist, um uns vor Gefahren zu schützen. Ich dagegen hatte mir keine Sekunde lang Gedanken um ihn gemacht. Ich kam mir so schäbig vor. Er ist ein so sanfter, geduldiger Mensch...

Abschied von Rio

Immer öfter nervte mich Gilli, dass er so gerne auch mal in Deutschland leben wollte. Das arbeitete in mir und irgendwann dachte ich mir, mal wieder unter einer Federdecke zu liegen und kuscheln – das muss einfach himmlisch sein! In Rio bedeckt man sich im Bett – wenn überhaupt – nur mit einem Leintuch.

Ich bewegte den Gedanken in meinem Herzen und betete um die richtige Lösung.

Gottes stille Antwort auf meine Gebete waren schöne Erinnerungen, Sehnsucht, Heimweh:

Raschelndes Herbstlaub in allen Farben, Nebel, dass ich die Hand kaum vor Augen sehe, reiche Ernte bei regionalen Bauern, der unwiderstehliche Duft von frisch gebackenem Vollkornbrot.

Schneebedeckte Landschaften, die im Sonnenlicht glitzern, unberührte Natur, das Echo an den Bergen, weiße Flocken, die auf meiner Haut schmolzen, der gluckernde Bach unter einer Eisdecke, Plätzchenduft und Weihnachten in der Guten Stube.

Dann im Frühling die ersten Schneeglöckchen, früh morgens das überwältigende Vogelkonzert, Tautropfen in den Bäumen, der frisch gewaschene azurblaue Himmel, Tulpenrabatten im Stadtpark, der Duft nach Hyazinthen.

Das tausendfache Summen der Bienen in blühenden Lindenbäumen, würzige, reine Waldluft, eine laue Sommernacht am Hamburger Hafen, Ausgehen mit Freunden ohne Angst, ausgeraubt zu werden.

Die Aussicht, in die Heimat zurückzugehen, schmeckte immer köstlicher. Neben meinem christlichen Auftrag hatten mich Freiheit, Nervenkitzel und Abenteuerlust nach Rio gebracht. Nach einem Leben in Fülle wurde die Sehnsucht nach Geborgenheit immer dringlicher.

Ich brauchte kein Risiko mehr. Meine Arbeit in Rio war getan: FISCHER NAILS konnte auch ohne mich und Gilli weiterlaufen und so beschlossen wir, Gilli, Sonya und meine Wenigkeit am 20. Mai 1996, zehn Jahre nachdem ich als „Orange" in Rio gestrandet war, nach Hamburg zurückzufliegen.

„Mit dir oder ohne dich"

Mit dir oder ohne dich – eines Tages werde ich an der Copacabana leben! Ein Traum ist Realität geworden. Noch einmal ziehen die Schlüsselerlebnisse von Rio an mir vorüber wie ein Film. Meine Mission ist erfüllt. Jetzt geht mein Leben in die nächste Runde.

Ich hatte den Menschen gezeigt, wie man fischt und brauchte mir keine Sorgen mehr zu machen, was sie morgen essen würden. Oh, mein Gott, danke, dass du mich auf so abenteuerliche Weise geführt und begleitet hast! Danke für die „Erfahrung Rio"! Du hast mein Leben grundlegend verändert. Wie an einem Roh-Diamanten hast du an mir geschliffen. Mauern hast du zu Brücken umgebaut und wir haben uns einander genähert. Trotz meiner energischen Art habe ich gelernt, blind auf dich zu vertrauen, durfte die Hand von Jesus nehmen und konnte auf dem Wasser gehen. Sowas lernt man nur durch harte Prüfungen und ein lernbereites Herz voller Liebe zu den Menschen.

Der Ausruf „Oh, mein Gott!" ist zu einem besonders innigen Gebet geworden, das jedes Mal mein Herz berührt, wenn ich es denke, sage oder höre. Es bedeutet Dankbarkeit, Liebe, Geborgenheit und Vertrauen.

Jesus ist nicht die letzte Rettung sondern die einzige. Jeder trägt sein ganz persönliches Paket und wird dabei begleitet, geliebt, getragen. Ob wir das merken oder nicht. Wenn ich durch dieses Buch Menschen angesprochen habe, die durch schwierige Zeiten gehen, sich Jesus anzuvertrauen, ihn zu erkennen als ihren Erlöser und von ganzem Herzen bekennen, dass ER unser Erretter ist, dann hat es sich gelohnt, über mein Leben zu schreiben!

Dank

Mit besonderen Dank an meine Cousine Felicitas, die mir immer Mut zum Schreiben gemacht hat in Zeiten, in denen ich aufgeben wollte. Ohne ihre technische Beratung und ihren praktischen Einsatz hätte ich das Buch nicht schreiben können.

Herzlichen Dank auch an meine Geistlichen Eltern Irene und Wayne Negrini, die mich durch sehr schwere Zeiten geduldig geleitet haben.

Meiner Tochter möchte ich danken, die mich als Mama angenommen hat, obwohl sie lange Zeit ohne mich aufwachsen musste.

Ich danke meinem Papa für seine Liebe und meinen Brüdern Martin, Hubert und Michael. Was sie für mich getan haben, konnte ich in diesem Buch nur andeuten.

Mein Dank und meine Anerkennung an die Grafikerin Dana Barthel für das wunderschöne Cover.

Auch meine Freundin Thi Quynh Hanh, die mit ihren guten Ideen, ihrem Scharfsinn und guten Connections dem Buch den letzten Schliff gegeben hat.

An meine Freundin Celia in Rio, die noch heute mit mir eine Freundschaft pflegt.

Der Fotografin Kerstin Nolden für das Autorenbild.

Mein Dank und meine Freude gilt allen meinen Schülern in Brasilien, die gelernt haben zu überleben, und die heute richtige Profis sind! Auf euch bin ich echt stolz!

Danke ganz besonders an Gott, der mich führt in Liebe!

Kontakt: facebook-Seite „Oh, mein Gott!"